DEAN KOONTZ

FEAR NOTHING

この書物の所有者は下記の通りです。

住所	〒
氏名	

アカデミー出版社からすでに刊行されている
天馬龍行氏による超訳シリーズ

「天使の自立」
「私は別人」
「明け方の夢」
「血　族」
「真夜中は別の顔」
「時間の砂」
「明日があるなら」
「ゲームの達人」
（以上シドニィ・シェルダン作）

「つばさ」
「五日間のパリ」
「贈りもの」
「無言の名誉」
「敵　意」
「二つの約束」
「幸せの記憶」
「アクシデント」
（以上ダニエル・スティール作）

「裏稼業」
（以上ジョン・グリシャム作）

「奇跡を信じて」
（以上ニコラス・スパークス作）

「生存者」
「インテンシティ」
（以上ディーン・クーンツ作）

「顔」
「女　医」
「陰謀の日」
「神の吹かす風」
「星の輝き」

何ものも恐れるな（上）

作・ディーン・クーンツ
超訳・天馬龍行

ロバート・ゴットリブに捧げる。
彼の卓見と、才能と、貢献と、友情に
日々感謝しつつ。

われわれは重い荷物を背負い、
遠い道を行かなければならない。
どことも知れぬ目的地にまで
重い荷物を運ばなければならない。
どこにも降ろせない重い荷物。
そっちからこっちへ、
こっちからそっちへ、
運ぶ重い荷物とは
われわれ自身のことだ。

——悲しみを見つめる本

BOOK ONE

夕暮れ

第一章

おれの机の上の電話が鳴った。恐ろしい知らせがやってきた、と第六感で分かった。言っておくが、おれは精神異常者ではない。占い師でもない。空を見上げても、なんの予兆も感じない。自分の手相を見ても、チンプンカンプンである。

おれのおやじはだいぶ前から死の床に伏している。ちょうど昨晩、ベッドの横でおやじの苦しそうな呼吸を聞きながらひたいの汗をふいてやってきたところだから、もう長くないことはよく分かっている。おやじに死なれるのは怖《こわ》い。二十八年間生きてきて初めてひとりぼっちになってしまうのだから。

おれはひとり息子であり、ひとりっ子である。母は二年前に他界してしまった。彼女の死はショックだったが、長いあいだ病に苦しんだわけではなかったのがせめてもの救いである。

昨晩、夜が明けるちょっと前に家に戻ってきて以来、おれはろくすっぽ眠っていない。椅子から身を乗りだし、電話よ鳴るな、と念じても、ベルは鳴りやまなかった。ベルが意味するものを犬も分かったようだ。犬は暗がりから照明のもれる明るいところへやってきて、悲しそうな目でおれを見上げた。

この犬は、ほかの犬と違って人間の目をいつまでも見つめていられる。動物が人間と視線を交わすのは、ふつう、ほんの短いあいだである。人間の目のなかに何か恐ろしいものを見るのか、動物はすぐに目をそらす。おれの愛犬オーソンも、おそらくほかの犬どもと同様に、人間の目が宿すそれを見ているはずだ。だが、オーソンはおびえる様子を見せない。

不思議な犬である。しかし、おれの愛犬であり、おれたちは強固な絆《きずな》で結ばれた親友同士である。おれはオーソンが大好きだ。

ベルが七回鳴ったところで、おれは根負けして受話器をとった。

電話をしてきたのは、マーシー病院の看護婦だった。おれはオーソンと視線を交わしたまま応答した。

おやじの容態が急変しているとのことだった。すぐ病院に来るよう、看護婦が言った。

おれが受話器を置くと、オーソンが椅子の下にやってきて、その強そうな黒い首をおれのひざの上にのせた。クンクンと甘えて鳴き、鼻をおれの手にすりつけていたが、しっぽは振っていなかった。

しばらくのあいだおれはボーッとなって、考えることも、体を動かすこともできなかった。物音ひとつしない家のなかの静寂は海溝の底のように不気味で、人間を動きづらくさせる。しばらくしてから、おれは、病院まで送ってもらうためにサーシャ・グッダルに電話した。

ふつう、彼女は昼に睡眠をとり、夜八時まで起きない。深夜から朝の六時まで、暗いなかでディスクを回すのが彼女の仕事である。ムーンライト・ベイの町で唯一のラジオ局ＫＢＡＹで音楽を流しつづけているのだ。三月の夕方の五時ちょっとすぎのこの時刻、おそらく彼女は熟睡していることだろう。おれは悪いなと思いつつも、彼女を起こしにかかった。

悲しい目つきのオーソン同様、サーシャはおれの心の友であり、頼りになる保護者である。もちろん、運転できるところは犬とは大違いだが。

ベルが二回鳴って彼女が出た。声に眠たそうな響きはなかった。おれが事情を説明する前に彼女は言った。

「残念ね、クリス」

まるで、おれからの電話を予期していたような彼女の口調だった。おれとオーソンがベルを聞いて胸騒ぎを覚えたように、彼女もベルの音に不吉な予感でも得たのだろうか。

おれは唇をかんで、これからのことを頭からふり払った。おやじがまだ生きているかぎり、希望はある。医者の予断が当たらないことだってある。この十一時間でガンが急に縮小することだってありうるのではないか。

おれは奇跡の可能性を信じる。

この体で二十八年間も生き長らえてきたのだ。それ自体が奇跡だ。おれの姿は他人の目には呪いとしか映らないのだから。

おれは奇跡の可能性を信じるだけでなく、奇跡の必要性を信じる。

「急いで行くから、五分でそっちに着くわ」

サーシャは約束した。

夜間なら病院へ歩いていくこともできるのだが、人通りの多いこの時刻、大勢の人にじろじろ見られるのはいやだし、徒歩では危険も大きい。

「いや」

おれは言った。

「そんなに急がなくていいから、気をつけて運転しろよ。おれのほうも用意に十分くらいかかりそうだ」

「愛してるわ、スノーマン」

「愛してるよ」

おれは受話器を置き、病院から電話がかかってきたときに使っていたペンにふたをして、それを黄色いノートと一緒にテーブルの端に押しやった。

それから、柄《え》の長い真鍮《しんちゅう》の火消しで、太いロウソクの炎を三本とも消した。細い煙がのたうつように渦を巻いて、闇のなかに消えていった。

夕暮れ一時間前のいま現在、太陽はまだ空にあり、おれにとってはいぜんとして危険な存在だ。あたかもおれを脅《おど》すかのように、窓の桟に照りつけている。

愛犬のオーソンはいつもどおり、おれの意思を読んで部屋から出ていき、二階の廊下の向こうへ行ってしまった。

オーソンは体重四十キロもあるラブラドルの雑種で、毛の色は魔女のネコのように黒く、暗がりの多い家のなかでは、いつも突然現われるような感じを与える。ただ、じゅうたんの上を歩くときのその大きな足音と、堅い床板に当たる爪の音が彼の移動を知らせてくれる。

廊下をはさんで書斎の反対側にある寝室で、おれは面倒くさかったので、光量調節機能のついた天井ライトのスイッチを入れなかった。窓のふちに当たる黄色い西日の反射光で、部屋は充分に明るかった。

おれの目は、普通の人とは比較にならないくらい暗闇に慣れている。例えるなら〝フクロウ青年〟とでも言いたいところだが、これは、おれが特別な視力をさずかっているとか、超能力を持っているとかの、胸をわくわくさせるような話ではない。ただ、長年暗闇に慣れた結果、こうなっただけである。

オーソンは足のせ用のスツールに飛び乗ってからアームチェアのなかにうずくまり、おれが太陽の照る世界用に身づくろいするのを見つめていた。

おれは、部屋の奥にあるバスルームの引き出しから〝50〟と表示された日焼け止めローションをとりだし、それを顔や、耳や、首にまんべんなく塗った。

ローションはほんのりココナッツの香りがした。この匂《にお》いをかぐと、おれは、夏の日差しのなかのヤシの木と、抜けるような熱帯の青空、陽光を反射してキラキラとかがやく海の遠景、そのほか、おそらく自分では永久に体験できないであろう夏の明るいバカンスを連想する。それはとりもなおさず、希望の香りであると同時に、拒絶と、絶望と、むなしさの匂いでもあるのだ。

ときどきおれは、日がさんさんと降りそそぐカリブの海岸を歩いている夢を見る。夢のなかで、足もとの白い砂は光を放っている。肌をなでる暖かい日の光は、恋人になでられるよりもエロティックだ。夢のなかの光は、皮膚を突きやぶっておれの体のなかに浸透してくる。目を覚ましたときのおれは、とり残されたようにとても孤独でみじめだ。熱帯の香りを発散させておれにいじわるをするローションが、いま、首と顔を冷やしてくれて気持ちがいい。おれは、手と手首にもローションを塗りたくった。

窓がひとつしかないバスルームである。日よけは上げられているが、その曇りガラスと、窓の外をおおう植物のため、中は薄暗い。葉っぱのシルエットが窓ガラスをカタカタとたたいている。

流しの上の鏡に映るおれの姿はほとんど影である。ライトをつけたとしても、自分の顔はよく見えないだろう。天井の電球はワット数も微小で、光も桃色がかっているからだ。おれは、自分の顔を明かりに照らして見ることはめったにない。

サーシャは、おれを見るとジェームス・ディーンを思いだすと言ってくれる。『理由なき反抗』よりも『エデンの東』のジェームス・ディーンに似ているのだそうだ。

おれ自身は、共通点が思い浮かばない。髪の色はなるほど同じだ。薄青い目の色も同じである。しかし、彼の傷ついた若者の表情は、おれの顔のどこにもない。

おれはジェームス・ディーンなんかではなく、あくまでもおれであり、クリストファー・スノーである。おれにはそれで充分だ。

ローションを塗りおえると、おれは寝室に戻った。オーソンがココナッツの香りを味わうかのようにアームチェアから首を伸ばした。

おれはすでにナイキのスポーツソックスとブルージーンズをはき、黒いTシャツに着替えをすませていた。その上に急いで長そでの黒いデニムシャツをはおり、首の下のボタンをはめた。

オーソンが階下の玄関までおれのあとについてきた。ポーチの天井が低いのと、庭にカシの大木が二本生い茂っているため、玄関には直射日光が届かない。だから、そこの窓にはカーテンもブラインドもかかっていない。透きとおった緑と、赤と、琥珀《こはく》色が織りなすモザイク模様の窓ガラスが宝石のような淡い光を放っている。

おれはクローゼットから黒い革のジャケットをとりだした。夕暮れの外出である。三月のぽかぽか暖かい今日のような日でも、カリフォルニアの中央海岸地帯では、日が沈むと急に冷えこむこともあるのだ。

クローゼットの棚からつばの長い戦闘帽をひったくり、それを頭にかぶせた。戦闘帽の前部には〝ミステリー・トレイン〟と赤い文字が刺しゅうされている。

去年の秋のある夜、おれがムーンライト・ベイの内陸部にある廃墟となったワイバーン軍事基地内で見つけたものだ。奇妙な材質の壁で囲まれたひえびえとした地下三階のフロアに落ちていた唯一の品物だった。

〝ミステリー・トレイン〟が何を指しているのか意味不明だったが、ちょっとおもしろそうな気がしてひろってきたのだ。

おれが玄関に向かおうとすると、オーソンが懇願するようにクンクンと鳴いた。

おれはかがんでオーソンの頭をなでた。

「ダディも最後にひと目でもおまえの顔を見ておきたいだろう。そうは分かっているけどな。犬は病院に入れないんだよ」

じっとこちらを見つめるオーソンの黒い目がキラリと光った。おれは誓って言える。彼は、悲しみと同情を表わそうとしていたのだ。オーソンを見つめるおれの目に涙がにじんでいるのが分かったのだろう。

友人のボビー・ホールウェーの説に従えば、おれは動物を擬人化して、ありもしなかったことを、あったと勘違いするからこんな言い方をするのだという。

世の中に一定の割合でいるいじわるな人間と違って、動物たちは、あるがままのおれを受け入れてくれる。おれに対するオーソンの表情が豊かなのはそのせいかもしれない。

ムーンライト・ベイに定住する四つ足の市民たちは、少なくともこの近所に住む人間たちよりは、命についてのより複雑な理解力と親切心を持っているように思える。

ボビーのやつは言いやがった。動物のことをどんなに知っていても、その擬人化は当人の幼稚さを表わすものだと。だから、おれはボビーに〝クソくらえ〟と言ってやった。

おれはオーソンをなだめるためにその艶《つや》やかな毛をなで、耳のうしろをかいてやった。彼は妙なほど緊張していた。二度ほど、首をかしげて何かの音を聞こうとしているように見えたが、おれには何も聞こえなかった。しかし、彼はなんらかの脅威を感じているようだった。おれのおやじの死よりもはるかに大きな何かを！

その時点で、おれは、おやじに迫りくる死についてなんの疑念ももっていなかった。ガンになるのは運が悪いからであって、殺されるわけではない。あえて告発するなら相手は神しかいなくなる。

二年のあいだに両親とも亡くしてしまうこと。母親が五十二歳の若さで逝《い》ったこと。父親は五十六歳で死の床に伏したこと……これらは帰するところおれの不運でしかない——。おれが背負って生まれてきた、不運と同様に。

このときのオーソンの緊張を、おれはあとになってよく思いだす。事件の大波が押しよせてくるのを、彼はあのとき感づいていたのだろうか。

ボビー・ホールウェーがこの話を聞いたら、うすら笑いを浮かべてまた言うだろう。動物に超能力を期待するなんて、擬人化するバカ者より始末が悪いと。そうなるとおれはまた言ってやらなければならない。〝好きなだけクソくらえ〟と。

とにかくおれは、オーソンの頭や首をなでつづけた。やがて、遠くから車のクラクションが聞こえてきた。そのすぐあと、クラクションは家の前でもう一度鳴った。

サーシャが到着した合図である。

首に日焼け止めを塗ったが、保護を確実にするため、おれはジャケットの襟を立てた。そして、玄関のテーブルの下からゴーグル式のサングラスをとりあげた。

板金加工された銅のドアノブに手をかけ、おれはオーソンをもう一度ふり返った。

「大丈夫だから心配するなよ」

しかし、実のところ、おれはたいへん心細かった。おやじがいなくなったら、どうやって生きていけばいいのだ!? おやじがいたからこそ、おれは光のある世界と結ばれていた。昼間の人たちとも接触ができた。

親は体の不自由な子ほどかわいいものだと世間では言うようだが、おれのおやじがまさにそうだった。この世にこれほどの愛があるかと思えるほどの大きな愛でおれを包んでくれた。彼ほどおれを理解してくれる人間はふたりと現われないだろう。

「大丈夫だからな」

おれはくり返した。

オーソンは威厳のある目でこちらを見つめ、おれに同情するかのようにクンクンと鳴き声をたてた。まるでおれの嘘を見抜いているかのようでもあった。

おれは玄関のドアを開けて外へ出た。同時にサングラスをかけた。サングラスには紫外線を完全にカットするレンズがついている。

おれの最大の弱点は目にある。ちょっとの油断も許されないのだ。

サーシャの緑色のフォード・エクスプローラーは、エンジンをかけたまま私道に止まっていた。運転席でハンドルをにぎるサーシャの姿が見えた。

おれは玄関のドアを閉め、カギをかけた。オーソンはおとなしく家のなかにとどまり、おれの足もとをすり抜けて外に出るようなわがままなことはしなかった。

西から吹くそよ風がふわっと顔をなでていった。風は海の香りを運んでいた。カシの葉が、枝から枝へ秘密を運ぶかのように、さらさらと音をたてていた。

おれの胸が急に緊張して、肺がしめつけられるように痛んだ。これは、おれが光のなかに出なければならないときに必ず起こる現象である。完全に心理的な要因で起こる症状だが、痛みは現実的だった。

玄関の階段を下り、車道に向かって敷石を歩みながら、おれは体が急に重くなるのを感じた。

きっと、ダイバーたちは海の底の世界でこういう重みを感じているのだろう。

第二章

エクスプローラーに乗りこむと、サーシャ・グッダルが小さな声であいさつした。

「ヘイ、スノーマン」

「ヘイ」

サーシャがギアをバックに入れ、おれはシートベルトのバックルをはめた。

しだいに遠ざかる自分の家を、おれは帽子のつばの下からのぞいた。このつぎ見るときどんな感じがするだろうと思ったからだ。おやじが死んだら、彼の所有物は、主の魂が抜けてすべてがうらぶれて見えるのではなかろうか？

職人芸が生きていた時代に建てられた家である。敷石は最低量のモルタルではめられ、杉の羽目板は長年の風雪に耐えて銀色と化しているが、その配列のデザインはいまでもモダンだ。冬の長雨を通りぬけて、スレートの屋根の堅い直線が緑色のコケを生やしてふわふわに見える。

車がバックして道に出たとき、居間の窓をひっかいているオーソンを見たような気がした。オーソンは顔を窓に押しつけ、前足を桟にかけていた。

家からだいぶ離れたところでサーシャが言った。

「いつからこうしなきゃならなくなったの？」

「光を避けることをか？　もう九年とちょっとになるかな」

「暗闇への祈り……」

ソングライターでもある彼女はときどき詩的な言葉を使う。それに対しておれは答えた。

「やめろよ、グッダル。おれを詩でごまかすのは」

「九年前に何があったの？」

「虫垂炎さ」

「ああ、あなたが死にそうになったときね」

「おれは、死んでからじゃないと日光にも当たれないんだ」

「でも、セックスのときに自慢できる傷跡ができてよかったわね」

「そう思うかい?」

「わたしが必ずキスする場所よね」

「どうしてなのか、おれはいつも不思議に思っているけど」

「でも、本当は、わたし、その傷跡が怖いの」

サーシャは言った。

「だって、あなたが死にそうになった跡だもん」

「でもおれは死ななかった」

「わたしが、そこにキスをするのは感謝の表現よ。わたしがこうしてあなたと一緒にいられることへの」

「もしかしたらきみは倒錯しているのか? 体の不自由な人間を見ると性的に興奮するとか」

「ゲス!」

「お母さんがそんな言葉を教えたのか?」

「修道院の学校で教わったのよ」

「おれがきらいなことはね……」

「わたしたち、もう二年間も一緒にいるでしょ。だから分かってるわ。あなたの好きなこと、きらいなことは」

「いつ連絡しても、きみがちゃんと応えてくれるところは大好きだ」

「わたしが応えないはずないでしょ」

鎧のような服を着て、ローションを塗ったくり、紫外線カットのサングラスでとくに弱い目を保護していても、おれは周囲の反射光や頭上の陽光におびえる。まるで、自分が万力《まんりき》にしめつけられる卵の殻になったような気さえする。

サーシャは、おれがおびえているのを知っていても、気づかないふりをする。おれから恐怖をとりのぞき、日の当たる世界の美しさに少しでもなじませようと、あれこれ気をつかっているのだ。サーシャとはそういう女である。

「このあとはどこにいるの？」

サーシャが訊いた。

「終わったあとのことだけど」

「医者の見通しが間違っていれば、見舞いだけで終わるだろうけど」

「わたしの放送中は、どこにいる？」

「夜中すぎたら……たぶん、ボビーのところだ」

「彼にラジオをかけさせるの、忘れないでね」

「今夜はリクエストを受け付けるのかい？」

「わざわざ電話かけなくてもいいわよ。あなたが聞きたい曲は分かってるから」

次の曲がり角で、サーシャは右にハンドルを切り、車をオーシャン通りに入れた。それから坂をのぼり、海からどんどん離れていった。

広い歩道の向こう側には商店やレストランが並び、高さ二十メートルはあろう松並木が道路をおおう。その路面には、光と影のはっきりしたしま模様ができている。

一万二千人が住むムーンライト・ベイの町は、港からはじまり、となりの平地へ、さらにそれにつづく丘へと広がっている。カリフォルニアの旅行ガイドブックのほとんどがわが町を〝中央海岸の宝石〟と紹介するが、これは、町の商工会議所の猛烈な運動が功を奏しているからである。

もっとも、そう呼ばれるだけの理由はないわけではない。生い茂る樹木のおかげもあずかって大きい。樹齢数百年にも達するカシの大木、松、杉、ヤシの木。豊かな葉を茂らすユーカリ。なかでもおれが好きなのは、学名でメラレウカ・ルミナリアと呼ばれるレースのような木だ。春になると、その繊細な枝いっぱいにまっ白い花を咲かせる。

ふたりのコンビが長くつづいているから、サーシャのエクスプローラーの窓には紫外線よけのフィルムが貼られている。にもかかわらず、外の景色は恐ろしいほど明るい。

おれはサングラスを鼻の上にずらして、そのすきまから目の前の景色をじかにのぞいてみた。紫がかった青い空はミステリアスなほど明るかった。そこに、松のとがった葉が精緻《せいち》な刺しゅう模様を刻み、その同じ模様がフロントガラスにパッパッと映っては消えていた。

おれは急いでサングラスを元に戻した。目を保護するためというよりも、おやじが死にかけているときに日中の景色を楽しもうとした自分が恥ずかしくなったからだ。

サーシャは制限スピードを保ったまま、交通のない交差点では決してブレーキをかけずに、車を走らせた。

「わたしも一緒に行きましょうか」

「そんな必要はないさ」

サーシャの医者ぎらいは医療全般に対する嫌悪感にまで高じている。彼女自身は、自分だけは永遠に生きるものと思っているらしい。医療よりも、ビタミンやミネラルの力を奉じ、プラス志向や意志による回復力のほうが健康を保証してくれると信じている。それでも、何かのおりに病院を訪れるたびに肉体不滅の信仰をうち砕かれる彼女である。

「本当にいいの？」

サーシャは念を押した。

「一緒に行ったほうがいいと思うんだけど。あなたのお父さんのことはわたしも好きだし」

彼女は顔では平静さを装っていたが、その震える声が本心をバラしていた。

おれのために行きたくないところへ行こうという彼女の心意気に、おれは感激した。

「こういうときだから、おやじとは二人きりになりたいんだよ」

「本当ね？」

「本当さ。それよりも、思いだしたことがある。オーソンに夕食をあげてくるのを忘れたんだ。おれの家に戻って、あいつの面倒を見てやってくれないかな？」

「いいわよ」

別の役目を仰せつかって、彼女はほっとしている様子だった。

「可哀そうなオーソン。あなたのお父さんとも仲よしだったんでしょ？」

「ああ。あいつはおやじのことはなんでも知っているんだ」

「動物ってなんでも分かるのよね」

「とくにオーソンはね」

車はオーシャン通りを左折して、パシフィック・ビュー通りに入った。あと二ブロック走れば、マーシー病院に着く。彼女が言った。

「オーソンのことは任せておいて」

「あいつは表情には出さないけど、相当悲しんでいるな」

「たくさんなでて、かわいがってあげるわ」

「おやじがいなかったら、あいつは昼間の光を見ずに過ごさなければならないんだ」

「それもわたしに任せて」

「あいつは暗闇のなかだけじゃ生きていけないからな」

「わたしがいるから大丈夫。わたしはどこへも行かないから」

「本当だな？」

「大丈夫よ」

おれは犬よりも、自分のことを念頭において言っていた。

病院は〝カリフォルニア流地中海風〟三階建てのビルだった。〝カリフォルニア流地中海風〟の定義がやたらな安建築を連想させない、その昔に建てられたものなのだろう。奥まった窓には青くさびた銅の窓枠がはめられている。アーチを冠した一階の入り口。そこに並ぶ円柱は大理石である。

柱の何本かにからみつき緑の天井を形作ってるのは、目の覚めるような色彩のブーゲンビリアだ。春の到来までまだ二週間もあるこの日でも、深紅と紫の花が軒先から滝のようにぶらさがっている。

数秒間の冒険のつもりで、おれはサングラスを下にずらし、陽光が降りそそぐ色彩の祭りを驚嘆の目で観賞した。

サーシャは横の出入口の前で車を止めた。

おれがシートベルトをはずすと、彼女はおれの腕に手を置き、かるく握った。

「必要なときはわたしの携帯に電話してね」

「帰るころには日も暮れているだろうから、おれは歩くよ」

「もしそのほうがいいなら、そうして」

「ああ」

おれはもう一度サングラスを鼻先まで下ろした。今度は昼間のサーシャを見るためだった。ロウソクの明かりに照らされた彼女の目は澄んだ灰色に見えるが、この昼間の世界でも、やはり同じ色だということが分かった。ロウソクの明かりのなかではクリスタルグラスに注がれたワインのように艶やかな黒褐色の髪の色は、この降りそそぐ光のなかで、さらにつややかだった。彼女のバラの花びらのようなクリーム色の肌には、そばかすがたくさん浮かんでいた。その粒の配置を、おれは、四季ごとに変わる夜空の星の位置同様によく覚えている。

サーシャは片方の手でおれのサングラスを元の位置に戻した。

「バカなことしないで」

「おれは人間なんだ。バカなのが人間だからね」

もし、このままおれの目が見えなくなったら、まっ暗闇のなかでおれの精神を支えてくれるのは、いま見たばかりの彼女のこの顔ということになるのだろう。

おれは身を乗りだし、コンソール越しに彼女にキスした。

「あなたはココナッツの香りがする」

「じゃ、もう一回嗅《か》がせてやる」

おれはもう一度キスした。

「こんなに長く日にさらしちゃダメよ」

彼女はきつい調子で言った。

太陽は水平線上三十分のところにあり、オレンジ色の強烈な光を放っていた。はるか九千三百万マイルの向こうで核融合を永遠につづける火炎地獄。その下で太平洋は、銅の溶鉱炉と化す。

「さあ、行きなさい。ココナッツ坊や」

エレファントマンのように、襟を立てて、顔を隠し、両手をジャケットのポケットにつっこみ、おれは車から降りて病院の建物のなかへ急いだ。

おれは一度だけうしろをふり返った。こちらを見つめていたサーシャが親指を上げてオーケーのサインを送ってきた。

第三章

病院に足をふみいれると、廊下でアンジェラ・フェリーマンがおれのことを待っていた。彼女は三階担当の、夜勤の当番看護婦である。おれを迎えるためにわざわざ下におりてきたのだという。

アンジェラは、四十代後半の気だてのやさしい女だ。かなりの美人でもある。痛ましいほどやせていて、目の色は妙に薄い。まるで、患者の命を救うために、その精気を吸いとられてしまったかのようだ。それで看護婦が勤まるのかと思えるくらい手首が細く、骨が鳥と同じように空洞なのでは、と疑いたくなるほど動作はすばやい。

彼女は天井の蛍光灯を消してから、おれを両腕で抱いた。

子供のときから青年になるまで、おれはいろいろな病気にかかってきた。水疱瘡《みずぼうそう》や、インフルエンザや、おたふくかぜ。でもおれは、いちいち外に出て治療を受けられなかったから、そういうときはアンジェラが毎日のように家まで来ておれの看護にあたってくれた。彼女の骨っぽい強烈な抱擁は、舌の検査や、体温測定や、注射同様に大切な治療の一部なのである。

それが分かっていても、彼女の今日の抱擁におれはビクッとさせられた。

「おやじは?」

「大丈夫よ、クリス。まだ持ちこたえているわ。あなたが来るのを待っているんだと思う」

おれは緊急用階段へ急いだ。

緊急用階段のドアがおれのうしろで閉まったところで、アンジェラが廊下のライトをつけ直すのが分かった。

階段の照明は、危険なほど明るくはなかったが、それでもおれは早足でのぼり、サングラスははずさなかった。

三階までのぼりきったところで、おれはセス・クリーブランドに迎えられた。彼はおやじの主治医であり、おれがかかっている医者のひとりでもある。背が高く、そのがっしりとした肩は玄関のドアでもぶち破れそうだが、彼は決して人を見下ろすような態度はとらない。歩くときのしぐさは小男のようで、声はおとぎ話のクマのようにやさしい。

「痛み止めで抑えているところなんだ」

クリーブランド医師は、頭上の蛍光灯を消しながら言った。

「だから、うとうとしてるけど、目を覚ますたびにきみのことを尋ねているよ」

おれはここでやっと、サングラスを取ってシャツのポケットにしまい、広い廊下づたいに早足で歩いていった。途中、ドアの開いた病室からあらゆる種類の病人の姿がかいま見えた。昏睡状態の患者もいれば、セットされた夕食のトレーの前に上半身を起こしている者もいる。廊下のライトが消えたりついたりするのに気づいた者は、その理由を知っているから、食事の手を止めて、開いているドアからおれが通りすぎるのをじろじろ見たりする。

ムーンライト・ベイでのおれは、歓迎されない意味での有名人である。一万二千人の住民と、町一番の高地に建つアシュドン大学の学生総数三千人のなかで、名前を全員に知られているのは、おそらく、おれひとりだろう。ただし、おれは夜間の人生しか送っていないから、おれを見たことのある人間はかぎられている。

廊下のあちこちで看護婦や看護婦助手たちがおれの名を口にするのが聞こえた。手を伸ばしておれの体に触れる者もいた。

おれに、人を惹《ひ》きつけるようなパーソナリティーがあるわけではない。かといって、おやじの人気ゆえにもてはやされるわけでもない——もっとも、おやじを知る人間はみんな彼のとりこになっているが——本当の理由は、彼ら彼女たちが医療に生きる人間であり、自分たちの献身によっておれが回復するかもしれない究極の目標物だからだ。たしかに、ある程度の回復はしている。だが、おれは分かっている。おれの病状には誰の力も遠く及ばないのだと。

おやじの病室は準個室である。目下のところ、ふたつめのベッドは空《あ》いていて、同室者はいない。

おれはドアロでちょっとためらった。深く息を吸いこんだが、それで勇気が出たわけではない。おれは中に入り、背後のドアを閉めた。

日よけ用のベネチアンブラインドがきっちりと閉められ、白く塗られた窓枠とのすきまから、日没三十分前のオレンジ色の西日がもれていた。

入り口に近いほうのベッドに寝ているおやじは影のように見えた。彼の吐く浅い息が聞こえた。呼びかけたが、返事はなかった。

おやじの命は、たった一基の心電図で見守られている。彼の眠りをさまたげないよう、音は消され、彼の心臓の鼓動を伝えるのはモニター画面に映る緑色の線だけである。

おれはナイトスタンドのロウソクに火をつけた。

事情が考慮されて、おれにはロウソクの使用が例外的に認められている。でなかったら、おれはまっ暗闇のなかで座っていなければならなくなる。

消防法に違反するのを承知で、おれはライターを着火させて、その炎をロウソクの芯につけた。それから、もう一本別のロウソクにも炎を移した。

これも、おれが有名人だから手にできた特権なのかもしれない。現代のアメリカでは、有名人になるといろいろな特権を享受できるのだ。その力を過小評価してはいけない。

ゆらめく炎の明かりを受けて、暗闇のなかからおやじの顔が現われた。目をかたく閉じ、口を開けたままで呼吸していた。

彼の希望で、生命維持のための特別な手段はとられていなかった。酸素マスクすら使われていなかった。

おれはジャケットを脱ぎ、〝ミステリー・トレイン〟の帽子を頭から取って、それを見舞い客用の椅子の上においた。

ロウソクから離れた側のベッドの横に立ち、おれはおやじの手をにぎった。羊皮紙《ようひし》のような薄い肌は冷たかった。骨っぽい手だった。爪は黄色く染まり、いままでにないほどひどく割れていた。

おやじの名はスティーブン・スノー。偉大な男である。戦争を勝利に導いたことも、法律を作ったことも、シンフォニーを作曲したこともない。若いときに期待された才能で有名な小説を書いたわけでもない。しかし彼は、どんな将軍や、政治家や、作曲家よりも偉大である。これまでに生きた、いかなる賞の受賞作家よりも偉大なのである。

彼が偉大なのは、人にやさしいからである。おごらず、おだやかで、笑いに満ちているから偉大なのだ。おれの母さんと結婚して、三十年間いっしょだった。誘惑に満ちたこの長い年月のあいだに、彼は一度たりとも母さんを裏切らなかった。家のなかは、おれのせいでいつも暗く保たれていたが、その家が明るく感じられるほど、母さんに対するおやじの愛は輝いていた。

おやじはアシュドン大学の文学部の教授で、母さんは理学部の教授だった。おやじがどれほど学生に好かれていたかは、卒業生が十年、二十年と経ってもおやじを訪ねてくるのを見れば分かる。

おやじが二十八歳のときおれが生まれてやっかいを背負いこむことになったわけだが、おやじは、グチをこぼしたりしておれに肩身のせまい思いをさせたことは一度もなかった。そればかりか、子供を持つ喜びをたえず口にして、おれのことを誰彼なく自慢していた。彼は小言とは無縁の、威厳の世界に生き、かつ、それが人間として正しいと思ったときは、うれしいことを堂々と祝った。

かつてはハンサムでいきいきとしていたおやじは、いまは体も萎縮《いしゅく》して、顔はげっそりとやつれ、血の気もない。五十六歳だが、それよりはるかに年老いて見える。ガンは肝臓からリンパ腺に転移し、さらには、体じゅうのあらゆる器官に広がっている。生きるための闘いの果てに、濃かった白髪もほとんどなくなっている。

心電図に表示される緑色の線が妙な屈折を見せはじめた。おれは恐れおののきながら、なりゆきを見守った。

おやじの手が、弱々しくおれの手をにぎった。

おやじの顔にもう一度目を向けると、彼のまぶたは開かれ、そのサファイアブルーの瞳がいつにない集中力でおれのほうを見つめていた。

「水？」

最近のおやじはのどの渇きが激しいから、おれはそう訊《き》いた。

「いや、わたしは大丈夫だよ」

おやじはそう答えたが、声はかれていた。声といっても、ささやき以上のものではなかった。

おれは言うべき言葉が思いつかなかった。

おれに物心がついてからというもの、わが家はいつも会話に満ちていた。おやじと母さんとおれとで、あらゆることを話しあった。小説、古い映画、政治家たちの愚かしさ、詩、音楽、歴史、科学、宗教、美術。フクロウや、ネズミや、アライグマや、コウモリなど、おれと同じ夜行性の生き物の話もよくした。話題は、人間がおかれている現代の深刻な状況から、近所の人間たちの他愛ないうわさ話まで、幅広かった。スノー家では、それがたとえ軽い運動でも、体をきたえる種類のエクササイズは不適と見なされていた。ただし、舌の運動は奨励された。

いまこそおやじに向かって心を広げるべき時なのに、おれは黙りこくってしまった。おやじは、おれの戸惑いと、必要なときに言葉が出ない皮肉を楽しむかのように、にっこりした。

やがて笑みが消えると、その血の気のない黄ばんだ顔はさらにやつれて見えた。あまりにもやせてしまったため、すきま風でロウソクの炎が揺れたとき、それに照らされた彼の顔はまるで水に映る影のようだった。

炎が安定しておやじの顔がちゃんと見えるようになると、彼の苦しんでいる様子が分かった。しかし、口から出た彼の声は、痛みより、悲しみと無念さを訴えていた。

「ごめんな、クリス。おまえには本当に申しわけない」

「謝ることなんて何もないじゃないか、父さん」

もしかしたら、熱か薬のせいでそんなことを言っているのかと思いながら、おれはおやじをなぐさめた。

「遺産のこと、おまえに面倒をかけて悪いと思っている」

「大丈夫だよ。なんとかなるからさ」

「お金のことじゃないんだ。それは充分にある」

おやじは消え入りそうな声で言った。紫色の唇からこぼれる言葉は、こわれた卵の殻から流れでた液体のように、ぐんにゃりしていて力がなかった。

「遺産というのは……おまえの母さんと、わたしから受け継いだＸＰのことだ」

「そんなこと言わないでよ、父さん。父さんだって知らなかったことなんだから」

おやじはふたたび目を閉じた。彼の声は生卵の白身のようにどんよりしていて、透明だった。

「すまない……」

「父さんはおれに命をくれたじゃないか」

おれがそう言ったときだった。おやじの手はおれの手のなかで力をなくした。

瞬間、おれは、おやじが死んだと思った。おれの心臓は、水に沈む石のように胸の底に落ちた。

しかし、心電図にあらわれる緑色のライトは、おやじが単に意識を失っただけであることを示していた。

「おれに命をくれたじゃないか、父さん」

おれはおやじの急変に狼狽《ろうばい》しながら、もう一度同じ言葉をくりかえした。


おやじと母さんは、ふたりとも、そうとは知らずに欠損遺伝子のキャリヤーだった。この遺伝子を持つ人間の割合は二十万人にひとりだという。そんな少ない確率のふたりが出会い、恋をして、子供をつくるなどという確率は、さらに少なくなって数億分の一になる。そのうえで、なお、子供がそれを受け継ぐチャンスは四分の一しかないのである。

ところが、おれの場合は〝大当たり！〟というわけだ。おれは〝ジロデルマ・ピグメントサム〟――略してＸＰ――のキャリヤーである。きわめてまれな、命にかかわる遺伝子病をわずらっているのだ。

ＸＰのキャリヤーは、皮膚や目がガンに冒されやすい。日光にちょっとでも当たったりすると――白熱灯や蛍光灯など、紫外線を放出するものすべてがそうだが――命取りになる。

太陽に肌をさらすと、人間は誰でも皮膚細胞内のＤＮＡを破壊される。その結果、腫瘍その他の悪性の病因をとりこむことになる。しかし、健康な人びとは、その修復システムをもちあわせている。その働きで、細胞核内のこわれたＤＮＡが新しい、生きのいいＤＮＡに替えられるのである。

しかしながら、ＸＰの保持者の体内では、この修復システムが働かず、紫外線によって引き起こされる悪性腫瘍が、容易に、しかも転移に気づかないほど急速に広がってしまうのだ。

今日、米国の人口は二億七千万をこえ、うち、小人症の人間は八万人である。身長二メートル十センチを越える巨人は九万人いる。百万ドル以上の資産家はじつに四百万人をかぞえ、このハッピーな目標に達する人間は今年じゅうにさらに一万人増える。これから十二か月のあいだにおよそ千人の市民が雷に打たれて死ぬはずである。

そんななかで、ＸＰを保持する米国人は千人以下であり、新たにそのキャリヤーとして生まれてくる子供は毎年百人に満たない。

この病気で苦しむ人間が少ないから、問題は目立たない。ＸＰ人口が増えないひとつの理由は、そのキャリヤーの多くが短命だからだ。

この病にくわしい医者のほとんどは、おれの成長を見込んでいなかった。皆、子供のときに死ぬものと思っていたらしい。おそらく、賭けをしたら、おれが二十八歳の今日まで生きることに賭けるやつはいなかっただろう。

おれより年上の〝エックスパーズ〟（ＸＰのキャリヤーに対しておれが勝手につけた呼称）は、ほんのひと握りしかいない。また、そのうちほんの少数が中年以上であり、全員でないにしろ、そのほとんどがこの遺伝病ゆえの進行性神経疾患に悩まされている。つまり、首の震えや手の震え、聴覚の不能、言語障害などにかかり、痴呆に至る場合すらある。

おれの場合、たえず光に当たらないようにしていなければならないが、それさえ怠らなければ、あとはほかの人たちと同等に正常である。白子では決してない。目にはちゃんと色があり、肌だってそれなりの色をしている。たしかに、カリフォルニアのビーチボーイたちに比べれば、色は白いが、幽霊のように蒼白というわけではない。妙かもしれないが、ロウソクをともした部屋のなかや、おれが生きる夜の世界では、おれは色黒にさえ見える。

昨日に変わらない今日の健康は神からの贈り物のように貴重であり、おれは一日一日を惜しんで精いっぱい生きている。みんなが喜ぶことを喜び、みんなが見いだせないところにもおれだけの喜びを見つけている。

紀元前二十三年に詩人のホラスはこう言った。

〝明日をあてにせず、今日をつかんで離すな〟

おれは夜をつかみ、名馬にまたがるようにそれを乗りこなす。

おれの友達の多くは、おれのことを幸せなやつだと言ってくれる。その言葉を受けとるか投げ捨てるかはおれしだいだが、おれはその言葉にむしゃぶりついている。

しかしながら、あの母さんと、このおやじに恵まれていなかったら、おれの幸せなど絶対にありえなかった。おれがこの窮状を自分で理解する年齢に達するまで、両親は正常な生活をなげうって、おれを危険な光から守ってくれた。これは簡単そうで容易なことではない。一分たりと油断できないのだ。おれがこうして生きていられるのも、両親が自分を捨てて尽くしてくれたからにほかならない。それに、あの尽きぬ愛。愛されればこそ、おれは落ちこんだり、絶望したり、引っ込み思案になったりなどできなかった。

母さんの死は突然だった。おれが母さんのことをどれほど想っていたか、母さんがちゃんと知っていてくれる。とは分かっていても、おれは、母さんの最期の日に、どうしてもっと気がきいた言葉をかけてやれなかったのかと今でも悔やんでいる。

夜、暗い海岸で満天の星を見上げ、命の不思議さと尊さを感じるとき――風もなく、海が凪《な》いで岸にくだける波も音をたてないとき、おれは母さんに呼びかけて、遅まきながら感謝の言葉をささげる。だが、おれの言葉が母さんに届いているかは分からない。

そして、いまはおやじに――かろうじてだが、まだ生きているのに――おれの言葉が届かない。

「おれに命をくれたじゃないか！」

母さんのときみたいに、何も言えないうちにおやじが逝ってしまうのかと、おれはそれが気が気でなかった。

おやじの手はまだ冷たくて脱力したままだった。おれはその手をにぎりつづけた。ちゃんと〝さよなら〟を言うために、おやじをこの世に引き戻そうとするかのように。

窓枠をそめていたオレンジ色は、太陽が水平線と出会ったのを受けて赤に変わっていた。おれの頭のなかに、こうなったら直接太陽を拝もうと思っている状況がひとつある。それは、おれの目がガンにかかってしまったときだ。そのときは、目が見えなくなったり、それで命を奪われたりする前に、おれは夕方の海へ行き、サングラスをとって、おれが訪れることのない、海のかなたの東洋の国ぐにを照らしている、沈むまぎわの太陽をこの目でしっかりと見るのだ。でもやはり、目は細めなければならないだろう。明るい光は目にしみるからだ。その痛みは普通の人には想像もできまい。体じゅうが火傷していくのがはっきり分かるほどなのだ。

窓枠の明かりが紫色に変わるころ、おやじはおれの手を前よりも固くにぎっていた。目を凝《こ》らして見ていると、おやじのまぶたが開いた。おれは胸にあることをしゃべろうとした。

「分かってるよ」

おやじは弱々しくささやいた。

おれがとりとめもないことをしゃべり続けていると、おやじは最後の力をふりしぼるかのようにおれの手を強くにぎった。おれはびっくりして、話すのをやめた。

戸惑いの沈黙のなかで彼は言った。

「覚えておくんだぞ……」

聞きとれないほど小さな声だったので、おれは身を乗りだして、片方の耳をおやじの唇に近づけた。

かすかに聞こえる声だったが、そこには不屈の精神がにじんでいた。おやじなりの決意の表明であると受けとれた。

「何ものも恐れるな、クリス。この世に怖いものなど何もないぞ」

おやじは言い聞かせるように最後の言葉をおれに残した。そう、それだけ言って、逝ってしまったのだ。心電図の緑色の線は一度とぎれ、もう一度とぎれ、そのまま平坦になった。

動く明かりは、黒い芯の上で踊るロウソクの炎だけになった。

だらんとなったおやじの手を離せないまま、おれはそのカサカサしたほほとひたいにキスした。

窓枠にはもう明かりはもれていなかった。外の世界は、おれを迎えてくれる暗闇に変わっていた。

ドアが開いた。廊下から伝わってくる明かりは近くの病室のものからだった。

ドア枠に頭のつきそうなクリーブランド医師が部屋に入ってきた。彼は重々しくベッドの端に寄った。そのあとを看護婦のアンジェラ・フェリーマンが磯シギのようなすばやいステップでつづいた。彼女はにぎりしめたこぶしを胸にあて、肩を丸め、患者の死を医療にとっての打撃と受けとるかのように身がまえていた。

ベッドの横のオシロスコープは、廊下の奥のナースステーションにも情報を送りつづけていたから、おやじが死んだ瞬間を彼らも確認していた。

医師たちは、注射器も、患者を蘇生させるための心臓マッサージ器も携行していなかった。おやじのかねてからの希望どおり、延命処置は施されないことになったのだ。

クリーブランド医師の風貌は深刻な場面にふさわしいものではなかった。ヒゲを剃ったサンタクロースのようで、楽しげな目にピンクのほほをしていた。医師は悲しみと同情の意を表わしたが、それが下手くそで、なにか喜劇のなかの大根役者のようだった。

だが、小さな声で言った次の言葉に彼の真情が表われていた。

「きみは大丈夫か、クリス？」

「まあ、なんとか」

第四章

おれは病院から、カーク葬儀場のサンディ・カークに電話した。葬儀の手配はすでに一週間前におやじが自分で済ませていた。火葬がおやじの希望だった。

ざんばら髪と、ちょびヒゲの、若い職員ふたりがやってきて、おやじの遺体を地下の霊安室に移すことになった。

葬儀場のバンが引き取りにくるまで遺体と一緒にいるかと訊かれたので、おれは〝ノー〟と答えた。

ここにあるのは遺体であって、おやじではないのだ。おやじの魂はもうどこかに行ってしまっている。

おれはシーツをめくったりして、おやじの顔をもう一度見るようなことはあえてしなかった。おれが覚えておきたいおやじの顔は今のこの顔ではない。

ふたりの職員は、遺体を移動寝台に移した。ふたりとも、作業にはみっともないくらい不慣れだった。それを恥ずかしいと思ってか、申しわけなさそうにおれのほうをチラチラと見ていた。

もっとも、遺体運搬を担当する者は決して手慣れたりなどしないものかもしれない。こんな仕事を慣れた手つきでされたら、遺族はかえって傷つくというものだ。

だが、ふたりの職員がこちらをチラチラ見るのはどうやら好奇心かららしかった。結局おれは、ムーンライト・ベイで、『タイム』誌のトップ記事になった唯一の人間なのだ。

おれは昼間の太陽にちぢこまり、暗闇のなかでしか生きられないただひとりの人間なのだ。吸血鬼だ！　墓場荒らしだ！　不潔な倒錯者だ！　子供たちを隠せ！

公平に言って、大多数の人たちはやさしいし、おれを理解してくれている。いやらしいのは、いじわるな少数派だ。こういう連中は、自分で目にすることよりも聞いたことを信じ、魔女裁判の傍聴人のように、へ理屈をもって自分の誤った考えを正当化する。

もし、このふたりの若者が後者なら、おれが正常なのを見てがっかりしていることだろう。死人のような青ざめた顔もしていなければ、目もまっ赤に充血していない。牙《きば》もなく、クモやミミズを食しているわけでもない。彼らにとってはなんと退屈な人間だろう。

ふたりの職員が移動寝台を押していくと、車輪がキーキーと音をたてた。ドアが閉められたあとも、車輪のきしみはなかなか消えなかった。

〝キーキーキー〟

病室のなかにひとり取り残されて、おれは小さなクローゼットからおやじの一泊用のスーツケースをとりだした。中に入っていたのは、おやじが今回病院に連れてこられたときに着ていた衣服だけだった。

ナイトスタンドの上の引き出しには、腕時計と、財布と、ペーパーバックの本が何冊か入っていた。おれは、それら全部をスーツケースの中に入れた。

それから、ガスライターもポケットにしまったが、果実の香りのロウソクはそのままにしておいた。悲しみを思い出すにおいは二度と嗅ぎたくなかった。

おやじの残したものを整然とかたづけるおれは、自分でも感心するくらい落ちついていた。

ところが、実際は、おやじに死なれておれは茫然《ぼうぜん》自失《じしつ》の状態だった。だから、炎を親指と人差し指でつまんで消したときも、熱さを感じなかったし、焦げ臭さも分からなかった。

スーツケースを持って廊下に出ると、看護婦が天井の蛍光灯を消してくれた。おれはまっすぐ階段へ向かった。

エレベーターは使えなかった。エレベーターの室内灯がモーターと一体になっていて、明かりだけ消せるようにはなっていないためだ。三階から一階までの短時間なら日焼け止めも有効だろうが、万一、途中で止まってそれが長時間にわたるようなことがあったら、万事休してしまう。

サングラスをかけるのも忘れて、薄暗い階段を早足でおりた。が、一階で足を止めなかった自分に驚きつつも、理由不明の何かにかられて、おれは、おやじが運ばれていった地下に向かって駆けおりていた。スーツケースの角が足にバンバンとぶつかった。

ついさっきまで茫然としていて無感覚だったおれが、急に胸の痛みを感じはじめていた。心臓が冷たい鼓動を打つたびに、渦を巻いて飛びだす震えの連続が体じゅうをつらぬいた。

おれはとつぜん、自責の念にとらわれた。神聖な義務を怠ったままおやじの遺体を手放してしまったのではないかと。ただ、その義務とは具体的に何なのか、そのときは自分でも思いあたらなかった。

自分の心臓の鼓動が、近づいてくる葬送行列のようにはっきりと、いや、その倍も大きく聞こえた。のどはなかばふさがり、口のなかが急にすっぱくなった。つばも、口に力を入れなければのみ込めなかった。

階段を下りきったところに鋼鉄製の火災時用のドアがあった。ドアの上には赤い字で〝緊急用〟と表示されていた。頭が混乱していたおれは、思わず立ち止まり、迷いながらも緊急用ドアの取っ手に手をかけた。

そこでおれは、もうちょっとで忘れるところだった義務を思いだした。

世の中にこんなロマンティックな遺言があるだろうか。おやじは火葬されるとき、母さんの写真のなかからおやじがいちばん好きな写真と一緒に焼かれたいというのだ。それで、その写真の手配をおれは託されていた。

その写真はおやじの財布のなかにあり、その財布はおれがいま持っているスーツケースのなかにある。

おれは衝動的にドアを押し開け、地下の廊下に足を踏みいれた。コンクリートの壁は白いペンキで塗りたくられていた。反射板に取りつけられた蛍光灯の光が強烈だった。

おれは後ずさりして階段に戻るか、照明のスイッチを探すべきなのに、それをせずに、急ぎ足で前へ進んだ。背後でドアの閉まる音が聞こえた。日焼け止めと帽子のつばをあてにして、おれは頭を下げただけだった。

左手はジャケットのポケットで隠せたが、スーツケースを持つ右手は光にさらされたままになった。

三十メートルあまりの廊下を駆けだすあいだにおれが被爆する光の総量は、皮膚ガンや目に腫瘍を起こすほど多量ではないにしろ、皮膚細胞のＤＮＡがこうむる損傷はそのまま累積されることになる。毎日、一分間でも蛍光灯の光を浴びていれば、二か月で陽光を一時間拝んだ量に等しくなる。それは文字どおり、自殺行為である。

おれは小さいときから両親に懇々《こんこん》と言い聞かされてきた。ちょっとした油断は、そのときはなんでもないと思えても、積もり積もって恐ろしい結果をもたらすのだと。

頭を下げ、帽子のつばで光をよけていても、白い壁に反射する光を受けないよう、おれは目を細めなければならなかった。遅まきながらサングラスをかけてもよかったのだが、あと数秒で廊下を渡りきるところだった。

廊下に敷かれたビニールの大理石模様は、腐りかけた肉の色をしていた。おれはその模様にひそむ邪悪さと、蛍光灯の強い光のせいで、かすかな目まいを覚えていた。

倉庫や機械室の前を通りすぎた。

地下には誰もいないようだった。

廊下の奥のいちばん遠かったドアが、ようやくいちばん近いドアになった。そのドアを開けると、そこは小さなガレージになっていた。

ここは一般用の駐車場ではない。一般用は、この一階上にある。ガレージには、病院の名前を側面に表示したトラックと、バンタイプの救急車が止められていた。

その向こうに、カーク葬儀場の黒いキャデラックを改装した霊柩車が止まっていた。サンディ・カークがおやじの遺体をまだ運び去っていないのを知って、おれはホッと胸をなでおろした。これで、母さんの写真を、おやじの組んだ手に持たせることができる。

ピカピカに磨かれた霊柩車の横に、救急車と同じタイプのフォードのバンが止まっていた。ただし、そのバンの屋根には、救急車の点滅灯はついていなかった。

霊柩車もバンも後部をこちらに向け、うしろのドアをいっぱいに開けていた。

ガレージのスペースが空いているときは、ここでトラックが荷物用エレベーターのところまで乗りつけ、医療品などを降ろすのだろう。だがいまは、荷物の積み降ろしはされていない。

ここのコンクリートは壁も天井もむき出しで、蛍光灯はいま通ってきた廊下よりはずっと高い位置に取りつけられていたし、数も少なかった。だが、決して安全と言えるものではなかった。おれは急いで霊柩車と白いバンに近寄った。

ガレージのシャッターのすぐとなり、つまり、二台の車の向こうにある部屋をおれはよく知っている。遺体を冷やして、葬儀場に運ばれるまで保管しておく霊安室だ。

二年前の一月の、あの惨《みじ》めな夜、ロウソクの火をともしながら、おれとおやじは、母さんをひとりにしておきたくなくて、冷たい霊安室のなかで三十分も霊柩車を待っていた。

その夜、おやじは病院から葬儀場まで彼女を見送る予定だったが、おやじとしてはおれのこともひとりにしておけなかった。

詩人と科学者。歩む道は違っていたが、おやじと母さんは本当に似た者夫婦だった。よくぞあそこまで気が合ったものである。

あの日、母さんは、事故現場から救急車で緊急治療室に運ばれた。意識を回復しないまま息をひきとったのは、手術台に乗せられてからわずか三分後だった。負った傷の程度もまだ調べられないうちだった。

あれから二年経ったいま、おれは同じ霊安室の前に来ていた。

断熱材でできた霊安室のドアは開いていた。近づくと、中から男同士の言い争う声が聞こえてきた。怒ったような激しい口調なのに、ふたりとも声をひそめていた。その様子から、言い合いの性質が秘密性と緊急性をおびているのが感じとれた。

男たちの怒りよりも、その用心深さが、ドアに入ろうとするおれの足を止めさせた。殺人的な蛍光灯の明かりにもかかわらず、おれはどうしようかとその場にしばらく立ちつくした。

ドアの向こうから聞こえてきたのは、おれの知っている声だった。葬儀屋のサンディ・カークの声がこう言った。

「すると、おれが火葬するこの男はいったい誰なんだい？」

もうひとりの男の声が答えて言った。

「誰でもねえよ。名もない浮浪者だ」

「だったら、あんたのほうからうちの葬儀場に持ってきてくれたほうがよかったのに。こんなところで受けとれって言われても……」

サンディが文句をつけていた。

「誰かがこの男を捜しはじめたらどうするんだい？」

そのあとで、三人めの男の声が聞こえてきた。病室からおやじの遺体を運んでいったふたりの職員のうちのひとりの声だった。

「頼むから、こっちのほうの始末をつけさせてもらえないか？」

彼らの内緒話を聞いたと思われたらマズイ、とおれは直感した。身の危険すら感じられたので、とりあえずはスーツケースを壁ぎわに置いた。これなら、何かあったときに手の自由がきく。

男がひとり、ドアから出てきた。だが、そいつはうしろ向きに寝台を引いていたので、おれがいるのに気づかなかった。

霊柩車は二メートルほど離れたところに止まっていた。おれは見つかる前に、そのうしろのドアの陰に隠れた。遺体が出し入れされるドアだ。

フェンダーの上を通して、そこから霊安室のなかが見えた。背中をこちらに向けている男は、おれの見たこともないやつで、百八十センチくらいの長身、首が太く、がっしりした体で、頭をつんつるてんに剃っていた。年のころはおれと同じくらいだろうか。作業靴にブルージーンズをはき、赤いチェック柄のフラノのシャツを着ている――耳からぶらさげている真珠のイヤリングがなぜか目についた。

移動寝台をドアの外に出すと、男はそれをぐるっと回転させ、霊柩車に向かって押す構えを見せた。

移動寝台の上には、遺体を入れたジッパー付きのビニールバッグが載せられていた。

二年前の霊安室で、母さんもああいうバッグに入れられて葬儀屋の手に渡されたっけ。

つんつるてん頭の男につづいて、サンディ・カークが片方の手で寝台を支えながら出てきた。サンディ・カークは左足でブロックして寝台を止め、さっきと同じことを言った。

「いなくなったって誰かが騒ぎだしたらどうするんだい?」

つんつるてん頭の男は顔をしかめ、首をかしげた。耳の真珠がキラキラと光った。

「こいつは浮浪者だって言っただろ！　持ち物はリュックひとつなんだ」

「ということは？」

「こいつが消えたからって、誰が文句言うっていうんだい？」

三十二歳のサンディは色男である。葬儀屋といううす気味悪い仕事にもかかわらず、彼を追いかける女はあとを絶たない。

ハンサムで、この業界の人間特有の取りつくろったところがないサンディ・カークを、なぜかおれは好きになれない。彼の魅力ある顔は単なるお面で、その中身はからっぽのような気がしてならないからだ。きちんとしたふりをしながら実際は乱れているというのではなく、本当の中身は何もない人間のように思えるのだ。そのサンディが言った。

「この男のカルテはどうするんだい？」

「こいつはここで死ななかったのさ」

つんつるてん頭の男が言った。

「今朝、こいつがハイウェーでヒッチハイクしていたところをおれがひろったのさ」

サンディ・カークのことをきらいだとおれは誰かにうち明けたことはない。両親にも、ボビー・ホールウェーにも、サーシャにも、オーソンに向かってさえ口にしたことはない。おれ自身、心ない人間たちにうしろ指をさされてさんざんいやな目にあっている。だから、確たる証拠もなしに人の陰口をたたく者たちの仲間入りするのを潔《いさぎよ》しとしなかったからだ。

サンディの父親のフランクは、皆に好かれた明朗な人物だった。サンディもそれに劣るようなことをしてきたわけでは決してない。少なくとも、この場面までは。

「これじゃ、おれはデカい危険を背負いこむことになるんだ」

「バレやしないさ」

「さあ、どうかな。おれが思うに……」

「思い悩むのは暇なときにやれ！」

つんつるてん頭の男はかまわずに寝台を押した。寝台の車輪が、ブロックしているサンディの足をひいた。

サンディは毒づきながら道をあけた。男はおれのほうに向かって移動寝台を押してきた。移動寝台の車輪は、おやじの病室から出ていったときと同じ音をたてた。

〝キーキーキー〟

おれは中腰になったまま霊柩車のうしろを回り、そのドアと白いバンのあいだに隠れた。ちらりと目をやると、バンの側面には研究所の名前も会社の名前も書かれていなかった。

移動寝台のキーキー鳴る音はすぐそこまで来ていた。

とんでもない場面に出くわしてしまったことをおれは本能的に知った。よく分からないが、あきらかに法を犯す陰謀の現場にまぎれ込んだらしかった。おれにとって、これは、危険きわまりないことだった。しかも、男たちが誰よりも秘密にしておきたい相手は、なんと、このおれらしいのだ。

おれは床に伏せると、さっと霊柩車の下にもぐりこんだ。こうすれば連中に見つからないし、蛍光灯の明かりからも身を守れる。霊柩車の下の空気は絹のようにひんやりしていた。だが、すきまはとてもせまかった。腹ばいになっても、エンジンの一部がおれの背中に当たっていた。おれの顔は車の後部のほうを向いていた。移動寝台が霊柩車を通り越してバンに向かうのが見えた。

顔を右に向けると、キャデラックの二メートル向こうに霊安室が見えた。サンディ・カークの下半身がすぐそこにあった。ピカピカに磨かれた黒い靴と、ネービーブルーのスーツのズボンが寝台のあとを追っていた。

サンディのうしろの壁ぎわには、おれが置いたおやじのスーツケースがあった。とっさのことで、隠す場所が見つからなくてあんなところに置いてしまった。でも、今あれを持っていたらこんなに素早くは動けなかったろうし、音をたてずに霊柩車の下にもぐり込むなんてできなかったろう。

まだ誰もスーツケースに気づいていないらしい。このまま見過ごしてくれればいいのだが。

さっきのふたりの職員が――おやじを運びだした職員たちと同一人物であることはふたりの白いスニーカーと白いズボンからも分かる――もう一台の寝台車を押して出てきた。こちらの寝台の車輪はまったくきしまなかった。

つんつるてん頭の男に押された一台めの寝台が白いバンのうしろに到着したらしく、うしろのドアの開く音が聞こえた。

職員のひとりが相棒に言った。

「遅くなると怪しまれるから、おれはそろそろ上に戻ったほうがいいな」

そう言った男は、ガレージの端に向かって歩いていった。

一台めの寝台は、バンのうしろに押しつけられて、キーキーとさらに大きな音をたてた。

二台めの寝台が残った職員に押されてくると、サンディは霊柩車のうしろのドアを開けた。こちらの寝台に載っているのは、あきらかに名無しの風来坊を入れたビニールバッグのほうだった。

〈まさか！　まさか！〉

なぜこんな妙なところに居合わせているのだと、おれは非現実感に打ちのめされ、頭がボーッとなっていた。眠りもしないのに悪夢のなかに落ちこんだような信じ難い偶然だった。

バタンと音をたてて、バンの荷台のドアが閉まった。目を左に向けると、つんつるてん男の靴が運転席のドアに近づくのが見えた。

車が出たあとは、残った職員がガレージの大きなシャッターを閉めるのだろう。このまま霊柩車の下にもぐっていたら、サンディのやつが車を出したとたんに、おれは見つかってしまう。

ふたりの職員のうち、どちらが残っているのか分からなかったが、それはさしたる問題ではなかった。おやじの遺体を運んでいったふたりの若者なら、どっちにしろ簡単にやっつけられそうだった。

ただし、サンディ・カークのやつが車を発進させながらバックミラーでうしろを確認したら、おれの姿が目に入らないはずはない。そのときは、ふたりを相手にすることになる。

バンのエンジンがかかった。

サンディと職員が寝台を霊柩車のうしろに押しつけているすきに、おれは車の下からはい出た。帽子が脱げたので、それをひろってかぶりなおした。霊柩車のうしろでガタガタやっているふたりには目もくれず、おれは四つんばいのまま二、三メートル横歩きして、開きっぱなしの霊安室のドアにたどりついた。

ひんやりとした霊安室に足をふみいれてから、よろよろと立ちあがり、背中をコンクリートの壁に押しつけてドアの陰に隠れた。ガレージのなかでは誰も叫び声をあげなかった。ということは、誰にも見られなかったわけだ。

気づいてみると、おれは息を止めていた。いけないと思い、カチカチと震える歯のあいだから、音をたてないよう息をゆっくり吐いた。

明かりが目にしみて、目から涙があふれだしていた。それを両手の甲でぬぐった。

霊安室の二面の壁はステンレスの大きな引き出しでおおわれていた。死体を入れておく引き出しだ。そこから漂う冷たい空気がおれを震わせた。

クッションのない木製の椅子がふたつ、すみに寄せられていた。床は白いタイル張りで、タイルをつなぐジョイント材には特別に硬いものが使われている。死体からこぼれる汚れ物を洗い流しやすくするためである。

ここの蛍光灯も数がやたらに多かった。おれは〝ミステリー・トレイン〟の帽子を深くかぶりなおした。ポケットに入れてあったサングラスが壊れていないのは意外だった。おれはサングラスをかけて目を保護した。

どんなに強力な日焼け止めでも、紫外線を完全にブロックすることはできない。この一時間だけで、おれは一年分もの光を浴びてしまった。暴れ馬のひづめの音のように、被爆の累積に対する警鐘がおれの頭のなかにガンガンと鳴りひびいた。

開いたドアの向こうで、バンのエンジンが唸《うな》った。唸りはすぐ呟《つぶや》きに、呟きは囁《ささや》きに変わって、やがて聞こえなくなった。

キャデラックの霊柩車がバンのうしろにつづいて夜のなかに消えていった。ガレージのシャッターがゆっくりと閉まり、その先端が地面を打った。〝バシャン〟という音が、静まりかえったガレージのコンクリートにこだました。

おれはビクッとなった。思わず両手にこぶしを作って身がまえた。

職員のひとりはガレージに残っているはずなのに、物音ひとつ立てない。

〈どっちの男だろう？　ざんばら髪か、ちょびヒゲか〉

おれはおやじのスーツケースを見つめながら首をかしげた。

ついさっきまでは、あんな貧弱なやつならやっつけられると思っていたが、いまはその確信が揺らいでいる。体格から言えばおれのほうが優勢だが、汚ない手を使われたらどうなるか分からない。

近づいてくる音は聞こえなかったが、ヤツはいま、ドアのすぐ向こう側にいる。おれとは数センチしか離れていない。姿は見えないが、ヤツの靴の底がタイルをこする音でそれがわかる。

霊安室に入ってこられたら、対決は避けられない。おれの神経は、めいっぱい巻かれた時計のゼンマイのようにコチコチだった。

職員はなぜか落ちつきなさそうに長いあいだ迷ってから、照明を消した。それから、霊安室のドアを外側から閉めた。中には入ってこなかった。

カギをかける音が聞こえた。銃の撃鉄が空《から》の弾倉を撃ったような〝カチャン〟という音とともに施錠が完了した。

冷えた霊安室の引き出しに一体でも遺体が入っているかどうか疑わしかった。この平和な町ムーンライト・ベイの病院が、暴力に支配された大都会の医療施設のようなペースで死体を排出するはずはないのだ。

しかし、もし息をしなくなった人体がこれらの容器のなかに入れられていたとしても、おれはべつに怖くない。いずれおれだって、墓場の住人同様に死体になるんだ。それも、同年代の誰よりも早くそうなるに決まっている。死人はみんな、おれの近未来の仲間なのだ。

光が敵《かたき》のおれだが、窓のない霊安室はいまは真っ暗闇と化している。おれにとっては干天の慈雨だ。肌と目をやさしく包むこの暗闇を、おれはなめるように味わった。

なぜか動きたくなくて、壁を背にしたまま、おれはしばらくドアの横にいた。職員が戻ってくる可能性も計算に入れなければならなかった。

このときになって、おれはようやくサングラスをはずして、シャツのポケットにしまった。まっ暗闇のなかではあったが、おれの頭のなかは明瞭な解答を求めて元気よく回転していた。

おやじの遺体は白いバンに載せられ、どことも知れぬところへ運び去られた。彼らがなぜそんなことをするのか、その動機がまるでわからない。とにかく、おやじはいま、彼らの手中にある。

この不気味な遺体交換に対して、理屈の通った説明が思いつかない。しいて考えるなら、おやじの直接の死因はガンではなかったからか。それに、もしおやじの遺体になにか不都合な証拠でも残っているのなら、なぜそれをサンディ・カークにあずけて火葬させないのだ。燃やしてしまえば証拠などたちまち消えてしまうではないか。

連中はあきらかにおやじの遺体を必要としている。

〈なぜなんだ?〉

おれのこぶしから冷たい汗がしたたっていた。首の裏もびっしょりぬれていた。

ガレージでいま目撃したことを考えれば考えるほど、おれは居たたまれなくなった。

この一連の不可解きわまる出来事は、おれを骨の髄から震えあがらせる。尋常な怖さではない。泥水のなかを泳ぐ魚のように、その筋が読めないところがよけいうす気味悪い。

殺されたヒッチハイカーがおやじの代わりに火葬場で焼かれようとしている。だが、なぜ無害な宿無しを殺さなければならないのだ!? サンディは骨壺に木の燃えかすでも入れて、それをおれに渡すことだってできる。そうされても、おれはおやじの遺骨が入っていると信じて疑わないだろう。密封された骨壺を開ける理由なんて普通はないからだ。ましてや、その中身を確かめるために、灰を研究所で分析してもらうなんてことは考えられない。

おれの思考は固くからまった網のようになかなかほどけなかった。

おれは震える手でライターをポケットから出した。それから、なにか不審な物音は聞こえないか、ガレージの奥に耳をすませた。迷いつつも、おれはライターを着火させた。

ここでまっ青な顔の死体が起きあがり、顔をおれの前に突きだしたとしても、おれは驚かなかっただろう。ライターの光で揺れる死に顔が何かを訴えようと口を開いたとしても、おれは平気だ。

死体が目の前に現われることはなかったが、ライターの火でできた影が、遺体用の引き出しを、さも動いているように見せた。

ドアを見てわかったのは、カギは内側から開けられるようになっていることだった。これは、人が誤って霊安室に閉じこめられたときへの配慮なのだろう。こちらからはカギがなくても指一本の操作で簡単に開くようになっている。

おれはそのカギをできるだけ音をたてないようにそっとはずした。ドアノブはきしみ音をたてて回った。

物音ひとつしないガレージにはあきらかに誰もいないようだったが、おれは警戒心をゆるめなかった。柱の陰とか、救急車のバンやトラックの荷台のうしろに誰か隠れていないともかぎらないからだ。

乾いた雨のような蛍光灯に目を細めて、なんの気なしに見ると、あるはずのおやじのスーツケースが消えていた。職員が持っていったとしか考えられない。ここから地下室を横切ってさっき下りてきた階段まで歩いたら、どちらかの職員に出くわす危険が大きい。ふたりに出くわすことだってありうる。

誰のスーツケースかは、開けて中を見るまでわからないだろう。だが、おやじの身分証明書などを見つけたら、おれが霊安室にいたことを知るだろうし、話を盗み聞きされたと疑いはじめるだろう。

ヒッチハイカーが殺されたのは、彼が連中の秘密をにぎったからでも、それで連中を脅したからでもない。単に火葬用の死体を連中が必要としていたからだ。どうしてなのか、その理由をおれも知りたい。だが、連中は危険な人間に対しては容赦すまい。

おれは、シャッターを上げるスイッチを押した。モーターがグーンとうなり、シャッターは怖いほどの音をたてて上がっていった。誰かに気づかれまいかとハラハラしながら、おれはシャッターが上がるのを見守った。

シャッターが半分ほど開いたところで、スイッチを押しなおして、シャッターを下げた。完全に下がる前に、おれはシャッターの下からすり抜け、夜の闇のなかに出た。

背の高い外灯が、黄色く汚れた明かりでガレージからつづくスロープを照らしていた。

火焔ではなく、永遠の氷で罪人を罰する地獄の小部屋を照らすような同じ明かりが、スロープの上の一般用駐車場を浮かびあがらせている。

おれはできうるかぎり、松の木などが生える目立たない場所を選んで移動した。せまい道を横切り、古風なスペイン風の民家が建ちならぶ住宅地に逃げこみ、街灯もない暗い細道に入り、窓の明るい家々の裏手を歩いた。

暗闇のなかで、おれはよく、身が軽くなって飛んでいるような気がするときがある。ちょうどこのときがそうだった。おれは、フクロウが闇夜を滑空していくように暗い夜道を駆けた。この太陽と無縁の世界は、二十八年間、おれを歓迎し、慈《いつく》しんでくれた。おれに安らぎと、心地よさをもたらしてくれる世界だ。ところがいま、生まれて初めておれは暗闇が怖いと思った。見えないところからいつ猛獣に襲われまいかとビクビクする自分を、どうしても落ちつかせることができなかった。

うしろをふり向きたくなる誘惑に抗しながら、おれはムーンライト・ベイの暗い裏道をマラソンランナーのような勢いで走った。

BOOK TWO

夕　刻

第五章

カリフォルニアの太陽に照らされるコショウの木の写真を見たことがある。近くから明るく写されたコショウの木は、レースのように緻密で優雅で、夢の木のようである。

しかし、同じコショウの木が、夜になるとまったく別の性格を露呈する。首をうなだれ、垂れさがる枝で悲しみを隠しているようにさえ見える。

町の北東の端にある小高い丘に建つカーク葬儀場へつづく私道は、コショウの木でおおわれている。まるで、死者を見送るために立っているかのような並木だ。

おれは葬儀場の私道をのぼっていった。私道の両側のところどころで、キノコ形の外灯が明かりの輪をつくるなか、コショウの並木は風に吹かれて揺れていた。葉っぱが風を切る音は、死者に対する嘆きのようである。

葬儀場につづく道に駐車してある車はなかった。ということは、集会がないことを意味している。

おれがムーンライト・ベイの町を行き来するのは、たいがい徒歩か、自転車に乗ってである。おれにとって、車の免許証を取る意味はあまりない。どうせ昼間は運転できないのだし、夜ドライブするときは、対向車のヘッドライトから目を守るためにサングラスをかけていなければならない。夜に濃いサングラスをかけて、いちいち警察にケチをつけられるのも嫌だ。

満月が空にのぼっていた。

おれは月が好きだ。月は、おれの肌を破壊することなく世界を照らしてくれる。そして、美しいものを際だたせ、醜いものをさりげなく隠す。

アスファルトの舗装路面が広々とした丘の上で円をえがき、それに取りまかれるように円い広場ができている。広場の中心には、コンクリートを流して作ったミケランジェロの『ピエタ』の複製が建っている。

母親のひざに抱かれる死んだキリストは、月光を受けて明るく浮きあがっていた。光は聖母の上にも当たっていた。

昼間見たら、このあらっぽい複製品は俗悪そのものにちがいない。だが、愛する者を失った遺族たちは、それがたとえ悪趣味なレプリカであっても、世界に知られた作品ということで、そこになんらかの慰めを見いだすのだろう。ほんのわずかな希望の風にもすぐ舞いあがるのが大衆である。ああ、ささやかに生きる愛すべき人びとよ。

葬儀屋の玄関口でおれはしばらく迷った。これから飛び込むところにどれほどの危険が待ちかまえているのか、見当がつかなかったからだ。

赤いレンガと白い木枠で特徴づけられるジョージ王朝風二階建ての館は、町一番の美しい建造物と言いたいところだが、ムーンライト・ベイとは異質な存在である。ほかの天体からこの丘に降り立った宇宙船のようでもあり、海岸線とも調和していない。コショウの木の並木よりもニレの並木のほうが似合いそうだ。カリフォルニアの青い空よりもどんよりした曇り空が、ここの地面を湿らすおだやかな雨よりもどしゃぶりの豪雨のほうがふさわしい。

サンディが住んでいるのは二階のはずだが、そこの窓は暗かった。

一階は葬儀会場になっている。玄関のガラスを通して、家の奥にわずかな明かりがともっているのが見えた。

おれは呼び鈴を押した。

廊下の奥に人が現われ、それが玄関のほうに向かってきた。人影はシルエットでしか見えなかったが、その気どった歩き方からサンディ・カークだとすぐに分かった。サンディはモデルのような歩き方をする。それが、彼の好男子ぶりをより際だたせている。

彼は玄関まで来ると、スイッチを押して内側と外側のライトをつけた。ドアを開けた彼は、帽子のつばの下から目を細めて相手をにらむおれを見て、びっくりしている様子だった。

「クリストファーじゃないか⁉」

「こんばんは、カークさん」

「お父さんのことは残念でした。いい人だったのに」

「ええ、ええ、父はいい人でした」

「お父さんの遺体はもう病院から引き取って、ここであずかっています。家族同様にていねいに扱っているから、心配しないでください、クリストファー。わたしもアシュドン大学であなたのお父さんの〝二十世紀の詩人〟のコースを取ったんですよ。知らなかったかい？」

「ええ、そうでしたね」

「おたくのお父さんのおかげで、わたしはエリオットやパウンドの詩を愛するようになったんです。オーデンや、プラースや、ベケットや、アッシュベリーもね。それに、ロバート・ブライや、イエーツもそうでした。講義がはじまったころはどの詩人もピンとこなかったけど、コースが終わるころには、彼らの詩なくしては生きられなくなっていましたよ」

「ウォレス・スティーブンス、ドナルド・ジャスティス、ルイーズ・グルック。おやじが特に愛したのは、この三人でしたけど」

サンディはニヤリとしてうなずいた。

「ああ、そうでしたね。思いだしました」

おれの特異体質に気づいて、サンディは玄関の内側と外の照明を消した。それから、暗い敷居の上に立ってこう言った。

「お気の毒なことになったけど、お父さんは少なくとも、もう苦しむことはなくなったんですから」

サンディの目の色はグリーンのはずだが、外灯の薄明かりのなかでカブトムシの殻のように黒く光って見えた。

彼のその目を観察しながら、おれは言った。

「父に会わせてもらえますか？」

「な――なんですって？　おたくのお父さんにですか？」

「父の遺体が病室から運ばれていくとき、シートがかぶせられていたので、そのまま顔を見ずに見送ってしまったんです。でも、いま急に……最後にもう一度、顔を見ておこうと思い立ったんです」

サンディ・カークの目は、あたかも静まりかえった夜の海だった。表面はおだやかでも、底がどれほど深いのか知れたものではなかった。

彼の声はいぜんとして遺族に同情する葬儀屋の調子を保っていた。

「そうでしたか、クリストファー……でも、残念ながら作業工程はもう始まってしまったんですよ」

「もう火に入れたということですか？」

仕事がら、ていねいな言葉や婉曲な表現で話すことに慣れているサンディは、おれのぶしつけな質問にたじろいだ。

「故人が焼却過程にあるのかとおっしゃられるなら、そのとおりですが」

「ちょっと早すぎませんか？」

「わたしどもの仕事では、遅れは許されないんです。あんたが来ると分かっていたら……」

はたして彼のカブトムシのような目が、おれの凝視《ぎょうし》に耐えられるのか疑問だった。だが、この暗さでは、おれの視線の動きなど見えないのだろう。

おれが黙っていると、彼は言った。

「クリストファー、わたしもがっかりしているんです。間に合わせてやればよかったんだけど。知らなかったものだから……」

自分が送る特殊な人生ゆえ、おれは経験も知識もかたよりがちだ。昼間のことはあまり知らないが、夜の世界のことなら、誰も知らないことをたくさん知っている。人間の心についての理解は、たいがい両親か、その親友たちを通じて深めたものだ。だから、おれは世事にうとく、人の心にナイフを刺すような欺《あざむ》きにあったことがない。もっとも、ひどい言葉を吐いておれを傷つけるヤツに出くわしたことは何度もあるが。

おれはサンディの嘘に戸惑った。それを口に出して言う彼よりも、聞いているおれのほうが恥ずかしくなった。彼の黒曜石《こくようせき》のような目を見つめることもできなくなり、おれはうつむいてしまった。

おれの戸惑いを、言葉がつまるほどの悲しみと勘違いして、彼は前に歩みでると、片方の手をおれの肩にかけた。

おれは爆発しそうになるのをこらえた。

「みんなをなぐさめるのがわたしの仕事なんです、クリストファー。そして、わたしはそれに慣れています。しかし、正直に言って――人がなぜ死ぬのか説明することはできないし、その死の悲しみを少なくすることもできない」

おれはヤツのけつを蹴とばしてやりたかった。

「こっちのことはご心配なく」

おれはそう言ったが、早くこの場を離れなければと思った。このままこうしていたら、そのうち我慢しきれなくなって暴れだしそうだった。

「わたしがふつうみんなに言うなぐさめの言葉は、あなたのお父さんが愛した詩とは違って陳腐なものばかりだから、ここであなたにくり返そうとは思わない。ほかの人ならともかく、先生の息子さんですから」

おれは床を見つめたままうなずいた。それから、彼の手から離れて後ずさりした。

「どうもおじゃましました、カークさん。時間をとらせてすみませんでした」

「いや、そんなことはいいんですよ。わたしは時間はいくらでもありますから……ただ、前もって知らせてくれていたら、遅らせることもできたんですが……」

「しょうがないですよ。おたくの責任ではありませんから」

レンガの玄関を後ずさりして外のアスファルトに出た。そこでおれは、サンディに背を向けた。

敷居に戻った彼の声が、暗いなかから聞こえてきた。

「葬儀については、もう考えましたか？　――いつ、どういうふうに執り行なうかですけど」

「いや、まだです。明日知らせます」

歩きかけているおれに、サンディはなおも言った。

「大丈夫なんだね、クリストファー？」

おれはちょっと離れたところから向きなおり、感情のこもらない、抑揚のない声で言った。

「はあ？……と思いますけど。心配してくれてありがとう、カークさん」

「前もって電話してくれたらよかったんですけどね」

肩をすぼめると、おれは両手をジャケットのポケットにつっこみ、もう一度葬儀屋に背を向け、『ピエタ』の前をすたすたと通りすぎていった。

複製の像には雲母の粉末が散りばめられていた。その粉末が月光を反射して、コンクリート製の聖母マリアが涙を流しているように見えた。

おれは、ふり返りたい誘惑と闘った。葬儀屋はまだこっちを見つめているにちがいなかった。

風に揺れるうら寂しい並木のあいだを歩きつづけた。気温は十五度ぐらいにまで下がっていた。数千マイルの大洋を渡ってくる海風は、潮の香り以外はなんの不純物も含んでいない。

私道の坂をだいぶ下り、葬儀屋の建物からかなり離れたところで、うしろをふり返った。見えたのは、星を散りばめた空に向かって立つ急傾斜の屋根と、陰気な煙突だけだった。

おれは舗装道路から離れて、草むらに足をふみいれた。そこからふたたび坂をのぼって逆戻りしはじめた。今度は茂みの多いところを選んで進んだ。コショウの木の長い枝が月を背にしてきれいな網目模様をつくっていた。

第六章

葬儀屋のUターン道路が見えてきた。それから、『ピエタ』像も、玄関も。

サンディはもういなかった。玄関のドアも閉まっていた。

芝生内にとどまったまま、木の幹や灌木《かんぼく》の陰に隠れながら、おれは館の裏手にまわった。裏口はどでかくて、とても立派で、そこからちょっと下りたところに二十メートルサイズの本格的なプールがあった。レンガ敷きの中庭は広大だった。ちゃんとした造りのバラ園もあった。これらの施設は、一般の人が出入りする葬儀会場からはぜんぜん見えないところにつくられていた。

おれの住む町は毎年二百人の新しい命を迎え、百人の市民をあの世へ見送る。それに対して葬儀屋は二軒しかない。カーク葬儀社はそのうちのおそらく七十パーセント程度をあつかい、隣接するもうちょっと小さな町の、およそ半分の葬儀も引き受けている。サンディにとって、死はおいしい商売なのである。

昼間見たら、葬儀屋の裏庭からの景色は息をのむほどすばらしかろう。東に向かって見渡すかぎりに自然のままの丘がつづく。ところどころにそびえるカシの大木が美しい景色にさらなる華を添える。

だが、闇夜のいま、つらなる丘は黒いシーツをかぶって眠る巨人の背にも見える。

明かりのついている窓に誰もいないのを確認したうえで、おれは裏庭を横切った。

L字型のガレージが館に付随していて、そのガレージには表玄関からしか入れないようになっている。ガレージには、二台の霊柩車とサンディの私用の車が入るスペースがある。そして、館の向こうの端、住居部分からもっとも離れたところに焼き場がある。

おれはガレージのL字型の外側部分に沿って、音をたてないように歩いた。そのあたりはユーカリの大木が生い茂り、月の明かりも届いていなかった。空気には薬品のにおいが混じり、ぶ厚い枯れ葉のじゅうたんが歩くたびにガサガサと音をたてた。

ムーンライト・ベイの町なら、おれの知らない横丁はない。ここも例外ではない。夜のおれの時間の大半は、探検に費やされる。その結果として、驚くべき発見に至る場合がたまにあるのである。

おれの頭上左方にある冷たい明かりは、焼き場の窓だ。おれは確信を持ってそこに近づいた——おれたちが十三歳のとき、ある十月の夜に、ボビー・ホールウェーと一緒に見たあれよりもさらに不気味で無残なものがそこに隠されている、と。

確信は正しかったことが証明された。

十五年前、おれはその年ごろの少年の例にもれず、いたずら坊主であり、死者にまつわる怪しさや神秘性に魅せられていた。そのときから友達同士だったボビーとおれは、葬儀屋の館にしのび込んだら、たぶん、すごい光景に出くわすことができるだろうという点で意見が一致した。

当時おれたちが具体的に何を期待し、何を望んでいたかは今は思いだせない。頭蓋骨の陳列だったか？　人骨でできたドアか？　一見、普通人に見えるフランク・カーク、つまり、サンディのおやじは実は悪魔で、その普通に見える悪魔の息子サンディと一緒に落雷を呼びこんで死者をよみがえらせ、彼らを奴隷として酷使し、料理や洗濯をさせている光景だったか？

おれたちはたぶん、バラ園の奥の木イチゴの垣根のあたりで邪悪な魔神を奉《たてまつ》る神殿に出くわすことでも期待していたのかもしれない。当時は、ボビーもおれもH．P．ラブクラフトの怪奇小説にはまっていたから。

「おれたちは変テコなガキだったよな」

ボビーは当時を思いだしてそう言う。

「たしかにな」

おれもボビーの意見に賛成するが、ほかの少年たちだって、似たりよったりだった。

「でも、みんなは大人になるにしたがって気味悪さが消えちゃうのに、おれたちはますます気味悪くなっているよな」

そう言うボビーの意見におれは賛成できない。おれ自身、ほかの同年輩の男に比べて気味悪いとは思わない。実際、見かけのおれはきわめて普通だ。

これはボビーについても言える。彼がそう言うのは、たぶん、自分が偏屈なのをおもしろがって、おれにも同じであってほしいと思っているからだろう。

とにかくボビーは自分の不気味さを強調する。自分たちの不気味さを認め、それを愛することによって人間は自然と調和できるのだと彼は主張する。

「なぜかって？　自然そのものが限りなく不気味だからさ」

とにかく、十月のその夜、ボビー・ホールウェーとおれは、葬儀屋の駐車場の裏で焼き場の窓を見つけた。おれたちは窓のガラスに映る不気味な明かりに魅せられた。

窓はおれたちの背丈よりも高い位置にあった。敵の野営地を偵察する斥候《せっこう》よろしく、おれたちはチーク材のベンチを裏庭から盗みだし、それを明かりのもれる窓の下に置いた。おれたちは椅子の上に並んで立って、その光景を一緒にながめることができた。窓の内側にはブラインドがかかっていたが、誰かがそれを完全に閉めるのを忘れていたから、フランク・カークとその手伝いがする作業が窓から丸見えだった。

窓からもれる明かりは危険なほど強くなかった。少なくともおれは自分にそう言い聞かせて、鼻を窓ガラスに押しつけた。

油断してはいけないと常日頃から教えられてはいた。それでもおれは遊びたいざかりの子供だった。仲間と冒険するのが何よりも好きだった。だから、危険をおかしているのを承知で、この楽しみの瞬間をボビー・ホールウェーと分かちあっていたのかもしれない。

窓の近くに置いてあった移動寝台の上には、老人の死体がのせられていた。シーツをかぶせられていたが、頭部がはみだしていた。すごい顔だった。白髪はぐしゃぐしゃにからまり、まるで強風のなかで死んだみたいだった。しかし、その青ざめたロウのような肌や、こけたほほ、痛々しくひび割れた唇などから判断すると、老人は嵐に打たれたのではなく、長わずらいの末に死んだのだと推測できた。

老人はおれたちの知り合いだったかもしれないが、その変わりはてた姿からは、どこの誰だかまるで見当がつかなかった。もし日ごろから仲よくしている人物だったとしても、こうなってしまっては、少年の暗い喜びを満足させる不気味な物体でしかない。

怖いもの見たさの十三歳にとって、死体は気味悪ければ悪いほどその魅力が増し、目が離せなくなる。老人は片方の目をつぶり、もう一方の目をパッチリ開けて宙をにらんでいた。だが、そこから流れだした多量の血で、開いた目も事実上ふさがれていた。

老人のその目に、おれたちはなんと魅せられたことか！

人形の描かれた目同様、もはや見えなくなっているはずなのに、老人の目はおれたちの胸の奥まで見抜いているように見えた。

恍惚となってなりゆきを見守り、錯乱したスポーツ解説者があらぬ事を口走るように、おれたちは感想をささやき合っては、フランクとその手伝いが部屋のすみで炉の準備をするのを見つめた。部屋の内部は暑いらしく、ふたりともネクタイをはずし、シャツのそでをまくりあげ、顔からは大粒の汗を流していた。

十月の夜の外気は心地よかった。それでも、ボビーもおれもブルブルと震えていた。ふたりで鳥肌くらべもした。吐く息が白い蒸気にならないのが不思議なくらいだった。

葬儀屋が死体のシーツをはがした。おれたちはハッと息をのんだ。老いることの恐ろしさと、病気の怖さが子供心に焼きついた。そのときの興奮は、『ナイト・オブ・ザ・リビングデッド』をビデオで見たときと同じぐらい大きかった。

死体がボール紙の箱のなかに移され、青い炎が燃える炉のなかへ放りこまれたとき、おれは思わずボビーの腕にしがみついた。ボビーの汗ばんだ手がおれの首のうしろを押さえた。おれたちは互いに手を取りあった。そうでもしないと、超自然の磁力に吸いよせられて、老人と一緒に火のなかに入れられてしまいそうだった。

フランク・カークが炉のふたを閉めた。

それにもかかわらず、窓のこちら側からでも燃えさかる炎の音が聞こえてきて、骨の髄にまで響いた。

チーク材のベンチを中庭に戻し、おれたちは葬儀屋の敷地から逃げだした。それから、高校の裏にあるフットボールのグラウンドへ向かった。試合がなくて暗かったから、おれには安全だった。おれたちはそこの外野席に腰をおろして、ボビーが通り道のセブンイレブンで仕入れてきたコークとポテトチップで空腹を満たした。

「すげえ。あれは本当にすげえ」

ボビーが興奮ぎみに言った。

「あんなすげえのを見たのは初めてだよな」

おれも同感だった。

「ネッドのトランプよりすげえや」

ネッドとは、そのちょっと前の八月にサンフランシスコへ引っ越していった遊び仲間の少年である。彼は内緒ですごいトランプを持っていた。それをある日おれたちに見せてくれたのだ。五十二人の美女が思い思いのポーズをとっているカラーヌードのトランプだった。

「そりゃあ、あんなトランプよりずっとすげえよ」

その意見にもおれは賛成した。

「メタンガスを積んだトラックがひっくり返って燃えあがったよりもすげえよ」

「そうだよ。そんなのより何百倍もすげえ。ザック・ブレンハイムが雄牛に突かれて二十八針縫ったときよりすげえや」

「まちがいなくその何万倍もすげえ」

おれは調子を合わせた。

「それに、あの目！」

ボビーが、血を流している目を思いだしながら言った。

「すげえ目だった！」

「あれ以上はねえよ」

おれたちはコークをラッパ飲みしては、しゃべり、笑った。ひと晩でこんなに笑ったのは今までで初めてだった。

十三歳の子供とは、なんと恐るべき生き物であるか。

グラウンドの外野席でおれたちは感じていた。この身の毛がよだつような冒険がふたりを固く結び、その結び目は誰にもほどけないだろうと。おれたちは二年前から友達同士だったが、この夜のあいだに友情はさらに強まり、夕方出会ったときよりも心と心ががっしりとかみ合っていた。

おれたちは友情をはぐくむ強力な体験を共有した。この出来事は表面で見るよりも奥が深く、十三歳の子供ではまだ分からないほどの重大な意味を秘めていた。ボビーの目にも新しい神秘の表情が加わった。おれにはそれがはっきりと分かった。なにしろ、こんな大冒険をふたりでやり遂げたのだから。

しかし、これが前奏にすぎなかったことをおれはやがて知ることになる。ボビーとの本当の結びつきが十二月の二週めにやって来た。片目から血を流す遺体よりも、さらに凄惨なものを目撃することになったのだ。

あれから十五年たった今、おれは分別のある大人になり、十三歳の子供のときのようにやたらに他人の屋敷には侵入できない年齢になっている。それでもおれは今、ユーカリの枯れ葉の上を用心しながら歩き、十三歳のときにのぞいたあの運命の窓にもう一度顔を当てようとしている。

窓の内側のブラインドは時を経て、前よりも黄色みをおびていたが、ボビーとふたりでそのすきまからのぞいた同じブラインドにちがいなかった。しかも今夜は、焼却作業全体が見渡せるほどブラインドが開いていた。それに、ベンチがなくてもおれの顔はらくらく窓に届いた。サンディ・カークが手伝いと一緒にパワーパックⅡ型の焼却システムを操作していた。ふたりとも外科医用のマスクをはめ、合成ゴム製の手袋と、使い捨て用のエプロンを身につけていた。

男の身長は百七十センチぐらいだった。体重は七十キロぐらい。顔は傷だらけだったから、年齢は推定不能だった。おそらく殴られたのだろう。首から上が風船のようにはれ上がっていた。

最初、おれは男の両目に泥でも詰まっているのかと思った。だがすぐに、違うのだと分かった。両目がくりぬかれていたのだ。おれはカラになったふたつの穴に目を吸いつけられた。子供のときに見た、片目から血を流していた老人を思いだした。ボビーもおれも、その恐ろしさに恍惚となったものだが、あんなものは、これに比べたら、どうということはなかった。老いも病も自然の仕業《しわざ》である。ところが、ここにある男には人間の邪悪さが刻まれている。

話を十五年前に戻そう。十月と十一月のあいだに、ボビー・ホールウェーとおれは何度か葬儀屋にしのび込んで焼き場の窓をのぞいた。暗闇のなかを這《は》い、ツタに足をとられないよう気をつけながら、ユーカリの茂みに漂う独特の外気におれたちは肺をぬらした。あの死のにおいは今でもはっきり覚えている。

その二か月のあいだにフランク・カークは十四人の葬儀を取りしきり、そのうち火葬されたのは三人だけで、あとの人たちは薬品処理され、そのあとで昔ながらに土葬された。

死体を腐らせないための薬品処理をする部屋に窓がないのが、ボビーもおれも残念でならなかった。そここそ神聖中の神聖、おれたちにとっては目標中の目標だった。

「そこで連中は血抜きをするわけさ」

ボビーがわけ知りげに言った。実際の薬品処理室は地下にあるらしかった。おれたちのような怖いもの見たさの目を避けるためなのだろう。

けど、おれは正直なところ、焼き場の作業しかのぞけなくてホッとしていた。ボビーも同じはずだとおれは思いたかった。もっとも、彼は血抜き作業が見られなくてがっかりしているふりをしつづけていたが。

ただ幸いと言えるかどうか、薬品処理は昼間おこなわれ、炉に火を入れるのは夜に限られているらしかった。だからこそ、おれはこの夜の焼き場作業をのぞけたわけである。

今日サンディが操作しているパワーパックⅡ型機よりはるかに原始的な当時の焼却炉は、うなり音をたてて炎を燃やし、遺灰をかなりの高温状態で排出するものだった。熱噴射調整機能がついていたにもかかわらず、煙突から煙が出るのは避けられなかった。フランクが焼却作業を夜間に限ったのは、遺族に気をつかったからだった。昼間だったら、町のどこからでも煙突が見える。遺族たちが渦巻く灰色の煙を見て、あれが愛する者たちの変わりはてた姿だと思ったら、いい気持ちはしないだろうというのがカークの遺族に対する配慮だった。

ボビーの父親アンソンは『ムーンライト・ベイ新聞』のオーナー兼編集長をしていた。そこがおれたちには好都合だった。ボビーはそのコネを使って、事故死や自然死のニュースをいち早く仕入れることができた。

だからおれたちは、誰の遺体がいつフランク・カークの手に渡るのか、かならず前もって知っていた。ただ、焼却されるのか薬品処理されるのか分からないところがつらかった。

それに対しておれたちがとった方法は、待機だった。つまり、陽が沈むとすぐ自転車をとばして葬儀屋のある丘に向かい、敷地にしのび込み、窓にへばりついて焼却が始まるのを待つ。いつまでたっても作業が始まらない場合は、薬品処理だと判断する。

ファースト・ナショナル銀行の頭取、六十歳のガース氏は十月末のある日、心臓発作におそわれて死んだ。おれたちは例によって彼が焼却されるのを見学した。

十一月には大工のヘンリー・エイムズが屋根から落ち、首の骨を折って死んだ。エイムズは火葬されたが、おれたちは、彼が焼却されるところを見なかった。ブラインドがきっちり閉められていたためだった。

でも、十二月の二週め、レベッカ・アクイレーンが焼却されるのを見にきたときは、ブラインドは開いていた。レベッカ・アクイレーンの夫、トム・アクイレーンは中学校で数学の教師をしていた。実際にボビーも彼の授業を受けていた。ただし、おれは無関係だった。

町の図書館に勤めていたアクイレーン夫人はまだ三十歳の若さで、デブリンという名の五歳の少年の母親でもあった。

首から下にシーツをかぶせられ、移動寝台に載せられていたアクイレーン夫人は目を見張るほど美しかった。その魅力はおれたちの〝目〟よりも〝胸〟を奪ってくれた。息も苦しくなるほどだった。

おれたちが夫人の美しさをまのあたりにしたのは、そのときが初めてだった。図書館に勤める人妻がガキと交わる機会がないのはあたりまえだった。それに、十三歳といえば、美人を見ても気づかないふりをしなければならない年齢だ。

たとえて言うなら、夜空にきらめく星か、けがれのない雨のしずく。夫人は、トランプのヌードモデルたちよりも美しく、ひと目見ただけでハッとさせられる妖しい魅力をそなえていた。いままで夫人のことを何度か見かけたことがあるのに、こんなに美人だったとは知らなかった。

死んでいるはずなのに、夫人の顔にやつれはなく、まるで生きているようだった。それは、彼女の死が急だったからだ。生まれたときから脳の血管の内壁に損傷を負っていて、それがある日の午後破裂して、数時間で逝ってしまったのだ。

目を閉じ、移動寝台の上に横たわる彼女は、眠っているようにも見えた。体はリラックスしていて、硬直しているようには見えなかった。唇などはかすかに弧を描いて、楽しい夢でも見ているかのようだった。

ふたりの葬儀屋が夫人の体をおおっていたシーツをはがした。これからミセス・アクイレーンをボール紙の箱に入れ、炉のなかに投げ入れるのだ。ボビーとおれが目にした夫人の体はほっそりしていて、プロポーションもすばらしく、言葉では表現できないほど綺麗だった。エロティシズムを越えた美そのものだった。おれたちは変な気などまったくなくなり、畏怖《いふ》しながら夫人の裸体を見守った。

美しいだけでなく、彼女はとても若々しかった。

不死身のようにも見えた。

夫人を炉口へ運ぶふたりの手つきもいやらしいほど優しかった。炉のふたを閉じたとき、フランク・カークは手袋を脱ぎ、片方の手の甲で左目をぬぐい、それから右目をぬぐった。彼がふいたのは汗ではなかった。

焼き場でのフランクと手伝いの男は、べらべらとおしゃべりしながら作業するのが普通だった——もっとも、話の内容はおれたちのところまでは届かなかったが——なのに、その夜のふたりはまったくと言っていいほど無言だった。

ボビーもおれも押し黙っていた。

やがておれたちは、ベンチを中庭に戻すと、フランク・カークの敷地から逃げた。

やぶの中から自転車をひっぱりだし、それをこいでムーンライト・ベイのまっ暗な道を突っ走った。

この季節のこの時間、大通りにも人影はなかった。背後の丘に大きな羽を休めるきらびやかな不死鳥は町の明かりであり、目の前に見えるインクのつぼは、果てしなく広がる大洋である。海は静かだった。広々とした水面を波がゆっくりと動き、波打ちぎわでおだやかに砕けていた。その青光りのする白い波頭は、黒い海の肉を左から右にスライスしていく巨大な包丁の刃にも見えた。

砂浜に座り、波が砕けるのを見つめながら、おれは、クリスマスがもうすぐなのを思いだした。あと二週間しかなかった。

おれはクリスマスのことなんて考えたくなかった。なのに、あのきらびやかな照明やジングルベルの音が頭のなかを駆けめぐった。

そのときボビーが何を考えていたかは、おれは分からなかったし、あえて訊かなかった。しゃべりたくなかった。ボビーもそのようだった。

アクイレーン夫人の五歳の息子デブリンは、母親のいないクリスマスをどんな気持ちで過ごすのだろうかとおれは余計なことに気をまわしていた。幼すぎて死の意味が分からないかもしれない、などと思って自分の気を静めた。

夫のトム・アクイレーンはもちろん死を深刻に受けとめるだろう。それでもやはり、息子のためにクリスマスツリーを飾るにちがいなかった。

もしおれだったら、枝に鈴をかける力もなくしていただろう。

夫人の裸体を目にしてから初めてボビーが口をきいた。

「泳ごうぜ」

波の静かな日だとはいえ、そのときは十二月だった。それに、南から温かい水が海岸に流れつくエルニーニョの年でもないのだ。水は刺すように冷たく、空気はどちらかというと肌寒かった。

ボビーが服をさっと脱いだ。彼はそれを砂にまみれないよう、きちんとたたんで、砂浜に打ちあげられて干上がっている海藻の上にのせた。おれも自分の服をたたんで、彼の服の横に置いた。

素っ裸のおれたちは、そろそろと暗い海のなかに入っていった。それから沖に向かって泳ぎだした。

岸から遠くなるのを気にせずにどんどんと泳いだ。かなり沖に行ってから、北に方角を変えて、岸と平行に泳いだ。腕に力を入れず、蹴りも弱くして軽く流した。潮の流れや波の動きを計算した泳ぎだった。だが、岸からは危険なほど離れすぎていた。

ふたりとも水泳が得意だった。だが、こんなに沖まで来るのは無謀だった。

いろんな水で泳ぎ慣れた者なら知っていることだが、水に入ったばかりは冷たい水もさして苦にならないものである。体の表面の体温が急に下がり、水温との差を感じなくなるのだ。それだけでなく、もがくから息を切らし、水温を温かいと誤解さえする。こうなったときは危険だ。

おれたちの場合は、水は最初から冷たく、体を動かしてもなかなか慣れるところまでいかなかった。

北に向かって遠く来すぎてしまったおれたちは、このあたりで岸に向かって引き返すべきだった。常識があるなら、そうするのが本当だった。そして、海藻の上にたたんで置いた衣服のところへ戻るべきだった。

なのに、おれたちは立ち泳ぎしてひと息つこうとした。おかげで貴重な体温を消耗してしまい、かえって水が冷たく感じられた。それから、どっちが先だったか、おれたちは何も言わずに南に向きを変え、来た方角に向かって逆戻りしはじめた。岸がはるか遠くに見える地点だった。

おれは手足が急に重くなりだした。腹のあたりがピクピクと痙攣しだした。息が苦しくて、体が思うように浮かなかった。

波は、おれたちが水に入ったときと変わらずにおだやかだったが、疲れているおれには意地悪な波だった。冷たい白い泡の歯でおれをかんだまま、なかなか放してくれなかった。

おれたちは互いに見失わないよう気をつけながら、並んで泳いだ。冬の空はなんの慰めにもならなかった。町の明かりは星ほどに遠く見え、海は敵のようにおれたちに逆らった。友情だけで結ばれているおれたちだった。もしどちらかが溺れたら、相手を助けようとしながら、きっと一緒に死ぬんだ、とおれは泳ぎながら思っていた。

砂浜にたどり着いたときのおれたちは、息もたえだえで、水から上がるのもやっとだった。顔は青ざめ、体をガタガタと震わせ、口のなかから海のにおいに染まったつばを何度も吐きだした。体があまりにも冷えきってしまったため、焼き場の熱のことはもう想像もできなくなっていた。服を着たあとでも、おれたちはまだ震えていた。

自転車を手で押して砂浜を抜け、公園の草原を横切っていちばん近い道に出た。

自転車にまたがるなり、ボビーがひとこと吐いた。

「クソッ！」

「まったくだ！」

おれは調子を合わせた。それから、おれたちは別々の道を通ってそれぞれの家に帰った。

家に着くと、ふたりとも病人のようにまっすぐベッドに向かい、ぐっすりと眠り、夢を見た。

少年の日はどんどんと過ぎていった。

おれたちはそれ以来、焼き場の窓には戻らなかった。

アクイレーン夫人の話も二度としなかった。

あれ以来、ボビーもおれも、もしどちらかが助けを求めたら、命をかけても救うつもりでいる。そのことに疑問の余地はない。

世の中とは、なんと不思議なのだろう。おれたちが手に触れることができる現実のものが、じつは遠い存在だったりする。女性のしなやかな体も、人間の肉も骨も、冷たい海の水も、星の輝きも、簡単に手に触れることのできない遠い遠い存在なのだ。自転車とそれに乗る少年たちも、おれたちが胸で感じ頭で考えるよりも、とらえどころがなくてすぐに消えてしまうものなのだ。この世でかろうじて確かなものは、友情と愛と孤独である。この三つはいつまでも世の中で生きつづける。

少年時代から時が流れた三月のこの夜、焼き場の窓と、その向こうに見えた光景はおれの想像を越えて現実的だった。誰かに殴り殺されたヒッチハイカーの残骸がそこにあった。殴り殺されたうえに、両目までくりぬかれて!

ヒッチハイカーがなぜ殺され、おれのおやじの遺体となぜ交換されなければならなかったのか? 真実が暴かれれば、その理由も明らかになるだろう。だが、なぜ目までくりぬく必要があるのか？　この哀れなヒッチハイカーを灰にしなければならない論理的な理由がはたしてあるのか。おれは考えざるをえなかった。

それとも、誰かが己の病的な趣味を満足させるためにヒッチハイカーをここまで痛めつけたのだろうか？

おれは、つんつるてん頭の大男と、男がつけていた真珠のイヤリングを思いだした。あの頭の悪そうなノッペリ顔。獲物を狙うような落ちつきのない黒い目。しわがれた冷たい声。

ああいう男が他人を苦しめて喜ぶのは想像にかたくない。おそらく、木こりが枝を切り落とすような気楽さで人の肉をそぎ落とすのだろう。

もっとも、病院の地下室でおれが踏みこんだ奇妙な世界に照らしあわせて考えれば、サンディ・カーク自身がサディスティックな行為に出たとも考えられる。モデルのように優雅に歩くサンディ・カーク。レベッカ・アクイレーン夫人を焼却しながら涙をぬぐったフランク・カークの息子、サンディ。もしかしたら、くりぬいた両目を、ボビーもおれも見つけることができなかったバラ園のすみの悪魔の神殿にささげたのかもしれない。

炉の前で、サンディと手伝いが寝台を焼却口に近づけたとき、電話が鳴った。

おれは急に良心がとがめて窓から顔を離した。まるで、自分で火災報知機を鳴らしてしまったようなあわて方だった。

もう一度ガラスに顔を近づけてみると、サンディは外科医用のマスクをはずし、壁ぎわから受話器をとりあげたところだった。彼の表情から察するに、その口調のはじまりは困惑であり、それが警戒に色を変え、やがて怒りへと爆発していった。もちろん、何をしゃべっているのか、声は二重ガラスにさえぎられてこちらまでは届かなかった。

サンディは受話器を思いきり壁にたたきつけた。壁にはりついていた受話器受けがこわれて落ちた。電話線の向こうの話し相手が誰だったにしろ、いい耳掃除になったはずだ。

ゴムの手袋をまだぶらぶらさせながら、サンディは手伝いに急を告げた。その声がおれの耳に聞こえたような気がした。おれの名前が呼ばれていた。敬意や愛情をともなった呼び方ではなかった。

サンディの手伝いのジェシー・ピンは貧相な顔をした小人のような男である。赤毛に、赤褐色の目。薄い唇は、追いつめたウサギを前に舌なめずりをするのに好都合な形をしていた。ピンは、ヒッチハイカーの遺体が入れられているボディバッグのチャックを閉めはじめた。

サンディのスーツは、ドアのすぐ右のフックにかけられていた。その服を彼がとりあげたとき、おれは自分の目を疑った。彼のジャケットの内側からショルダー・ホルスターがぶらさがり、ホルスターには重そうな拳銃がおさまっていた。

ピンがチャックを閉めるのに戸惑っているのを見て、サンディは彼をどやしつけ、おれがへばりついている窓に向かって指をさした。

ピンが急ぎ足でおれのほうに向かってきた。おれはあわてて後ずさりした。ピンは半分開いていたブラインドをピシャリと閉めた。

おれが見られた気配はなかった。

だが、おれは自分に言い聞かせた。おまえは楽観する癖がありすぎると。場合が場合だから悲観的になるのも一法だとおれの本能が主張しだした。その結果、この場は逃げるが勝ちと判断した。おれはユーカリの木とガレージのあいだを、死のにおいに染まった空気を吸いながら裏庭に向かって駆けだした。

枯れ葉がカタツムリの殻を踏みつぶしたときのように大きな音をたてた。さいわいなことに、頭上の枝をゆらす風音がおれの足音を消してくれた。

遠い海を渡ってきた風には底知れぬ不気味な響きがあった。それがまたおれの行動をカモフラージュしてくれた。

と同時に、それは、おれを追う誰かの足音も消しているのかもしれなかった。

電話をかけてきたのは病院の職員のひとりにちがいなかった。やつらは、おれの残していったスーツケースの中身を調べ、おやじの財布を見つけたのだろう。それで、おれがガレージにいて連中の死体交換を目撃したものと断定したのだ。

この情報を得て、サンディのやつは、おれのさっきの訪問を他意あるものと気づいたにちがいない。だから、彼と手伝いのピンが外に出て、おれがまだその辺にうろついていないかどうか捜しはじめるのも分秒の問題だった。

おれは裏庭まで来ていた。きれいに刈られた芝生の庭は、記憶にある庭よりも広々として大きく見えた。

満月の明るさは三十分前と変わりがないはずなのに、さっきまで目立たなかったあらゆる平面物体が月光を反射して光を増幅すらしていた。夜を照らす不気味な光はおれにかくれんぼをさせなかった。

あえてレンガの中庭は横切らなかった。とにかく、屋敷や私道から早く離れることにした。だが、来た道を引き返すのは危険すぎた。

おれは芝生のなかを走って、敷地の裏にあるバラ園に入った。目の前には、下におりていく段々式花畑が広がっていた。格子の棚がどこまでも続いていた。トンネルのような小道もいっぱいできていた。

沿岸地帯の春は、カレンダーどおりにやって来る。バラはすでに満開状態だった。赤やそのほかの濃い色は、月の光の下で黒く見え、悪魔の祭壇に供えたらいかにも黒くにおいそうだった。大きな白いバラもあった。赤ん坊の首ほどに大きくて、そよ風の子守歌にうなずいていた。

おれのうしろから男たちの声が聞こえてきた。風に吹かれて、声はとぎれとぎれだった。

おれは格子の陰に身を伏せ、すきまから男たちの声がしたほうをふり返った。バラのトゲが痛かったので、つるを蹴ってどかした。

ガレージの近くで、懐中電灯の明かりがふたつ、灌木のなかを行ったり来たりしているのが見えた。明かりのおばけが木の幹の向かいの窓をよぎった。

ひとつの懐中電灯のうしろにはサンディ・カークがいて、さっきおれが見た拳銃を構えているにちがいなかった。もうひとつの光は手伝いのジェシー・ピンで、彼のほうも武器を持っていそうだった。

昔は、葬儀屋はこんな手荒な手段には出ないものだった。自分が時代遅れの人間だとは、おれは、ついこの夕方まで知らなかった。

不安げに光をながめるおれをさらに驚かせたのは、三つめの光の登場だった。光はやがて四つになり、ついには五つになった。

もうひとつ加わって、計六つをかぞえた。

この光の新参者が何者なのか、どこからそんな早く来られたのか、おれには知る由もなかった。

光は横一列になり、庭を横切り、中庭を通って、プールのこちら側のバラ園に向かっていた。

捜索のために左右に揺らされる光の列は、まるで夢のなかの悪魔どもの目玉のようだった。

第七章

光も夢の中のようなら、この焦《あせ》りまでもが夢の中のようだった。しかし、夢の中の顔の見えない追跡者たちは、いま、現実感をともなっておれに迫りつつあった。

丘の斜面に造られたバラ園は、下に向かって五段階あった。一段一段は充分に広く、段のあいだの傾斜も決して厳しくなかったが、勢いよく駆けおりていたので、つまずいて倒れたら足の骨でも折りそうだった。

格子の棚はあらゆる角度で立ちならび、枯れた茎をからめてどこまで行っても同じに見えた。下の段まで来ると、茎は伸びすぎていて、トゲは痛く、迷いこんだ動物をのたうち回らせるためにそうなっているのではないかと、その場を通りすぎながらおれは思った。

現実の夜が、ふたたび、うなされて目を覚ますような悪夢に変わりつつあった。

おれは、心臓の鼓動が激しすぎて、空の星がぐらぐらと揺れて見えた。

あたかも、空の丸天井がはがれおちて、雪崩のように勢いを増しながらおれのほうに押し寄せてくるかのようだった。

ようやくバラ園の端に達したとき、おれは感じると同時にそれを目にした。高さ二メートル以上はあろう錬鉄《れんてつ》の塀が目の前に立ちはだかった。その黒い塗料が月の光を反射してぎらぎらと光っていた。おれはやわらかい地面に足をうずめて、体に急ブレーキをかけた。勢いあまって塀にぶつかったが、怪我するほどではなかった。

音もたてなかった。塀の上の水平なレール上には槍のようにとがった金属棒ががっしりと溶接されていた。おれがぶつかった衝撃を受けても、塀はガチャンとも音をたてなかった。

おれは塀に半ばしなだれかかる形になった。

口のなかが苦かった。だが、カラカラに乾いていて、つばも出なかった。

右側のこめかみがチクチクと痛んだ。手で触れてみると、トゲが三本も刺さっていた。おれはそれを一本ずつ抜いた。

斜面を駆けおりているとき、自分では気づかずにバラの茂みを通りぬけたのだろう。どこでそうなったか覚えていない。

たぶん、おれの息づかいが荒すぎ、かつ速すぎたためだろうか、バラの甘い香りが鼻につき、なかば腐敗したにおいに感じられた。同時に、日焼け止めのにおいもあらためてしてきた。塗ったばかりのようによく匂った。おれの発汗でにおいが活性化したためで、すっぱさが混じっていた。

〈結局おれはあいつらにつかまってしまうんだ〉

マイナスの確信に、おれの頭は半分働かなくなっていた。いまはまだセーフだが、それは連中が風上にいるからだろう。

塀にしがみつきながら、おれは丘の上に目をやった。追跡者たちの一団は、いちばん上の花壇から二段めに移るところだった。

光の大鎌《がま》がバラ園じゅうをなぎ倒していた。この光を放つつるぎのひと振りで切り落とされるのは、格子の棚か、退治された竜の首か。

バラ園は通路も込み入っていて、捜索箇所はたくさんあるはずだった。なのに彼らは速度を速めてどんどんこちらに近づいていた。

おれは集中力を発揮して塀の上に飛び乗った。とがった槍先にジャケットをひっかけたり、足を刺されたりしないよう気をつけた。

塀の向こうには広々とした月夜の景色が広がっていた。陰を作っている谷。つらなる丘。隠れるのに都合のよさそうなカシの大木。

おれは塀から飛びおりた。最近の雨でのびた雑草に足がひざまで埋もれた。おれの靴がつぶした葉っぱが放つ緑のにおいが鼻をついた。

サンディとその仲間たちは敷地内をくまなく捜すにちがいないだろうから、おれは丘を下って葬儀屋の敷地からできるだけ離れることにした。とりあえずは、連中が塀にたどり着く前に、明かりの届かないところまで行ってしまうことだ。

だが、おれの足が向いていたのは、町とは逆の方向だった。これはおれの不運を増幅させた。原野で人の助けが得られるはずはないのだ。東に向かって一歩進めば、それだけ人里から遠ざかる。おれはますます孤立無援になる。

しかし、ラッキーな面もあった。それは季節だ。もし、これが夏の終わりあたりだったら、生い茂る草は乾いた紙のように折れ曲がり、おれが歩いたあとにははっきりとした道ができていただろう。

草はまだ青々としていたから、足跡を隠してくれるだろうとおれは甘く考えた。だが、注意深い追っ手なら、草のちょっとした変化にも気づいて、おれを追尾できるはずだ。塀から五、六十メートル下りた斜面の底は生い茂ったやぶになっていた。人間の背丈もあろうとげとげしい灌木やつるが生い茂り、そこを越えるのにひと苦労しそうだった。

おれはかまわずに、背丈ほどのやぶにもぐり込んだ。

やぶに背をもたせ、息を整えると、目の前の高くのびた草をかきわけて、追跡者たちの様子をうかがった。

なんと、四人もが塀によじのぼっていた。彼らが動くたびに、懐中電灯の明かりが空を切り裂き、地面を突き刺した。

ヤツらはこちらが嫌になるほど素早く、かつ、戦闘的だった。

全員がサンディ・カークのように銃を携行しているのだろうか？

彼らの動物的とも思える狩猟本能と、敏捷さと、しつこさがあれば、銃などいらないのではないか。おれをつかまえたら、おそらく素手で引きちぎるのだろう。

目もくり抜かれるのだろうか。

やぶの底は水路になっていて、水路は、丘の上方の北東から下方の南西に走っていた。おれがいる場所はすでに町の北東のはずれだから、ここから東へ向かえば、ますます助けが得られなくなる。

したがって、おれは水路づたいに南西へ向かうことにした。一刻も早く人のいるところに到達する必要があった。

石ころにつまずこうが、穴に足をとられようが、もうどうにでもなれだった。帆掛け船が動きを風にまかせるように、おれは暗闇に身をまかせた。まるで氷の上をすべるかのように、水から顔を出している岩の上を渡り歩いていった。

二百メートルも行くと、ふたつの丘がぶつかるところに出た。道も二股に分かれていた。おれは速度を落とすことなく、右のコースを選んで走りつづけた。そっちのほうがムーンライト・ベイの町にたどり着けそうな方角だったからだ。

近づいてくる明かりを見たのは、二股を過ぎて間もなくだった。百メートルほど前方、草の生える斜面の陰から現われたその怪しげな光を、おれは懐中電灯の明かりだと即座に判断した。バラ園のほうから来た追っ手がそんなに早くおれの前方に回れるはずがなかった。ということは、新たな追っ手が加わったということか。獲物をはさみ撃ちにする作戦なのだ。おれはまるで隊を組む兵士たちに追われているような錯覚にとらわれた――地中からわいてくる魔法の兵士たちに。

立ち止まるしかなかった。

岩から飛びおりて、背後のやぶに隠れようかとも思った。しかし、いくらそっと隠れても、飛びこんだ跡が追跡者たちの目にとまらないはずはなかった。ヤツらはおれをやぶから追い立て、野原に出たところでおれをつかまえるなり、撃ち殺すなりするのだろう。

懐中電灯の明かりが揺れて、さらに明るく光った。

おれはさっきの二股に戻り、左手へ進んだ。五、六百メートル行くと、道はまた二股に分かれていた。町に近づくために右手へ行きたかったのだが、連中の思うつぼにはまりそうだったので、左へ行くことにした。ますます人里を離れることになるが、それはやむをえなかった。

丘の上のどこからか、エンジンのうなり音が聞こえてきた。最初は遠かったその音が、急に頭上を通過していった。音のものすごさからして、低空を飛行したらしかった。ヘリコプターのぶるんぶるんという音とははっきり違う、これは羽のある飛行機の音だった。

そのすぐあと、目もくらむような明かりがおれのすぐ右から左に向かって丘の上を照らしていった。明かりは、おれの頭上二十メートルくらいのところを通過して、水路を照らした。強烈な光は、まるで成型機から噴射される白い繊維か、プラスチックのように、重みを持った物体のように見えた。

普通ではお目にかかれない強力なサーチライトだった。ライトは円弧をえがいて、こちらからあちらへ、遠い丘の背を東から北へ照らしていた。

こんな特殊な機械を彼らはなぜそんなにすぐに動員できるのだ？

もしかしたら、サンディ・カークは反政府ゲリラの親玉で、葬儀屋の地下に多量の武器でも隠しているのだろうか？　しかし、それは、どう考えてもありえそうになかった。

そういうことは、最近の世界では日常茶飯事的な現実である。だが、いま進行中のこの事件はそんなものよりはるかに不気味だ。

丘の上で何が行なわれているのか、おれは是が非でも知りたくなった。なんだか知らないけど怖いから逃げた、ではすまされない気がしてきた。おれは研究所の迷路を逃げまわるネズ公じゃないんだ。

おれは、やぶをかき分けて右手に進んだ。それから水路を横切り、長い丘の斜面をのぼりはじめた。サーチライトの光源がそちらの方向にあったからだ。

どんどんのぼって行くと、サーチライトがふたたび頭上の丘を照らしはじめ、行く手の斜面が明るく照らしだされた。

現場の二十メートル手前、おれは四つんばいになり、最後の十メートルは腹ばいになって進んだ。頂上に着くと、身を隠せそうな岩を見つけてその陰に隠れた。それから、そろそろと頭を上げた。

黒い〝ハマー〟が——もともと軍用に開発されたトラックで、のちに改装されて民間用にも売られるようになった——おれのいる所よりももうひとつ向こうの丘の上に止まっていた。巨大なカシの木の横だった。ヘッドライトの逆光でみすぼらしく見えるが、〝ハマー〟の型式を見まちがえる者はいない。四角ばった外観。ばかデカく、四輪駆動のエンジンと、特大のタイヤ。文字どおり、どんな地面の上でも走る怪物だ。

サーチライトは二基あることが分かった。二基とも人の手で支えられていた。ひとつはドライバーが、もうひとつは助手席に座っていた男が扱っていた。サーチライトのレンズは、サラダの皿ぐらいの大きさがあった。その発する光量からして、電源のパワーは〝ハマー〟のエンジン以外は考えられなかった。

ドライバーはサーチライトを消すと、ギアを発進に入れた。大型のワゴンはカシの根もとから飛びだし、ハイウエーを走るような勢いで丘の上の草原を突っ走った。後部をこちらに向けて、トラックは丘の向こうの端に消えていった。が、やがて、水路付近に現われ、遠くの斜面を猛スピードでのぼっていった。そのパワーをもってすれば、海岸沿いのこのあたりの急斜面でも楽々とのぼれるのだ。

懐中電灯を手にした徒歩の男たちが水路のほうに向かっていた。おそらく彼らも銃をかまえているのだろう。おれが頂上に来るのを読んでか、それともおれを、発見しやすいふもとにとどめておくためか、〝ハマー〟は丘の上に広がる平地を東西南北に動いてパトロールしていた。

「誰なんだ、あいつらは？」

おれは思わずつぶやいた。

〝ハマー〟から照らされるサーチライトが、そよ風とも強風とも判定のつかない中途半端な風にあおられて波打つ草の海を浮かびあがらせた。草の波は丘の斜面をゆらし、カシの幹をなめている。

大型ワゴンはふたたび動きだし、でこぼこな地面の上を愉快そうに飛びはねた。ヘッドライトが上下し、サーチライトが丘の頂上から水路へ、さらには、南にある別の丘の頂上を照らした。

このバカ騒ぎは、海に近い低地のムーンライト・ベイからでもよく見えるのではないかとおれは思った。だけど、この時間、外にいてこちらに目を向ける人間は少ないだろう。見たとしても、好奇心を抱くかどうかも疑問である。

サーチライトを見た住民たちは、おそらく、ティーンエイジャーや大学生が四輪駆動車でエルクや鹿を追っているのだろうぐらいにしか思うまい。これは違法なスポーツだが、たいがいの住民は見て見ないふりをする。

それからすぐ〝ハマー〟がUターンしてこちらに向かってきた。連中の捜索のパターンからして、〝ハマー〟はあと二回も動けばおれのいるあたりに来そうだった。

おれは丘の斜面を下り、さっきまでいた水路のある窪地に戻った。おれのこの行動は連中の思うつぼだろう。だが、ほかに選択肢はなかった。

つかまるかも、とびくびくしつつも、おれは逃げきれることを信じて動きまわってきた。しかし、おれの考えは甘かったらしい。最後の結末がもうじきやって来そうだった。

第八章

おれは草原から窪地のやぶにもぐり込むと、サーチライトで照らされる前に、めざす方角へ移動しようとした。だが、二、三歩行ったところで足がぱたりと止まった。不気味に光る緑の目がおれの行く手に立ちはだかったのだ。

〈コヨーテだ！〉

オオカミのようにも見えるが、それよりは小形で鼻先がせまい。しかし、ひょろりとしたこの獣《けだもの》は獰猛できわめて危険である。押しよせる文明の波にすみかを追われた彼らは、市街地にまで出没して飼い犬を襲ったりする。幼い子供が犠牲になった話もあとを絶たない。大きな大人が襲われる例はまれだが、彼らの縄張りに踏みこんだいま、前例もおれの体格の優位性も信じないほうがよさそうだった。それに、相手は一匹とはかぎらなかった。

サーチライトの強烈な光で半減していたおれの視力は、しだいに回復しつつあった。緊張の瞬間がすぎて、おれは気づいた。こちらを見つめる緑色の目は、コヨーテにしては幅が少しせまいのではないかと。それに、すでに飛びかかる態勢をつくっているなら話は別だが、こちらを見上げる目の位置がコヨーテにしては地面に近すぎる。

視力が暗闇に慣れると、相手がネコにすぎないと分かって、おれはホッと胸をなでおろした。もちろんクーガーなどではない。もしクーガーだったらコヨーテよりも始末が悪い。だが、そこにいたのは、明るいベージュ色をした普通の飼いネコだった。こんな暗闇のなかを、どこの家の飼いネコなのだろう？

ネコは用心深い動物である。夢中になってネズミやトカゲを追いかけていても、コヨーテの縄張りに踏みこむようなことはしない。

よく見ると、目の前のやつは普通の飼いネコよりは敏しょうそうだ。耳をピンと張り、伸ばした首をかしげて、おれの動きを観察している。

おれが一歩近づくと、ネコは逃げだす構えをとった。もう一歩前に出ると、ネコはさっと逃げだし、月の光で銀色にかがやく地面をけって暗闇のなかへ消えていった。

ここからは見えなかったが、〝ハマー〟がまた動きはじめた。エンジンのうなり音がだんだんとこちらに近づいていた。

おれは歩を速めた。

おれが百メートルほど進んだところで〝ハマー〟のうなり音がやんだ。しかし、エンジンをアイドリングさせる不気味な低音がすぐ近くから聞こえていた。気がつくと、夜の闇に獲物を求めるヘッドライトの明かりがすぐ上を照らしていた。

窪地の分かれ目に来たとき、さっきのネコがいるのに気づいた。ネコは道案内でもするかのように、左右に分かれる窪地のちょうど分かれ目にいた。

おれが左手に行こうとすると、ネコは右に向かって歩きだし、二、三歩行ってから立ち止まっておれのほうをふり返った。

ネコは追跡者たちの動きを知っているようだった。やかましい〝ハマー〟だけでなく、徒歩の男たちがどこにいるかも分かっているようだった。動物のその鋭いカンで追跡者たちが発する暴力志向のフェロモンを感じとっていたのかもしれない。おれだけじゃなく、ネコだってこういう連中は避けたいはずだ。この場は、人間のカンより、動物のカンのほうが当てになるだろう。おれは逃げ道を見つけるのに、ネコの進む方角に賭けることにした。

そのとき、アイドリングしていた〝ハマー〟のエンジンが急にうなりだした。けたたましいとどろきが周囲にこだました。〝ハマー〟が行ったり来たりしていることはその音の変化で分かった。おれは動けなくなった。どうしていいのか分からず、ただ轟音におびえているしかなかった。

やがておれは、ネコのあとについて動きはじめた。

おれが左の溝から出て、右の溝に入ったとき、ふと見ると、〝ハマー〟が東斜面の溝をめざしているのが見えた。おれが初めに行こうとした方角だ。一瞬、時間が止まったように見えた。ヘッドライトの明かりが、サーカスの綱渡り用の網のように夜の空を横切り、サーチライトが、黒いテントを支える柱のようにまっすぐ上空に伸びていた。

時間がふたたび動きだし、〝ハマー〟が前進をはじめた。フロントタイヤが斜面の草を踏みつぶし、リアタイヤが泥をはね上げて丘を下っていった。中に乗っていた男が歓声をあげると、別の男が笑って応じた。やつらはハントを楽しんでいるのだ。ワゴンはおれのわずか五十メートル手前まで下りてきたところで、サーチライトをこちらに向けて照らした。

おれは飛びこむようにして地面に伏せた。岩でごつごつした地面は骨によくなかった。シャツのポケットのなかのサングラスが壊れるのも分かった。

よろよろと立ちあがってみると、稲妻のような明かりが、今しがたおれがいた場所を照らしていた。強烈な明かりに目を細め、しばたきながら見つづけていると、サーチライトはぐらりと揺れて南の斜面に向きを変えた。〝ハマー〟は、それ以上はこちらに近づいてこなかった。

〝ハマー〟がいなくなるまで、溝が左右に分かれるその場にとどまっていたほうがよさそうだった。そうしようかと思っていた折も折、懐中電灯の明かりが四つ、おれが来た方角からこちらに向かってくるのが見えた。どうやら休憩している場合ではなさそうだった。ここまではまだだいぶ距離があったが、明かりはぐんぐん近づいていたので、もたもたしていたらすぐに見つかってしまいそうだった。

おれは西に向かう溝を行くことにした。ふと見ると、さっきのネコがそこにいた。まるで、おれを待っていたかのような偶然だった。ネコはしっぽをこちらに向け、いちおう逃げだすのだが、速く走るわけでもなく、いつまでもおれの視界のなかにいた。

地面が岩なのは、この際ありがたかった。足跡を残さなくてすむからだ。と思ったそのとき、おれは壊れたサングラスのことを思いだした。走りながらポケットのなかをまさぐると、折れ曲がったメガネの枠と、はずれた片方のレンズしかないことが分かった。あとは、おれが地面に伏せたところに落としてきたのにちがいなかった。

こちらにやってくる四人の追っ手があのレンズを見つけないはずはない。そしたらたぶん、分岐点で二人ずつに分かれて捜索をつづけるだろう。おれがそこにいた証拠を見つけて、いよいよだと勇気百倍になって追ってくるにちがいない。

丘の向こう、おれがあやうくサーチライトを浴びそうになった谷のあたりから、〝ハマー〟がふたたび斜面をのぼりはじめた。ピッチを上げるエンジンのうなり音がやかましかった。

もし、〝ハマー〟がこちらの丘を捜索しようとしてふたたびやって来たら、運転手が車を止めた瞬間をついて逃げだすのがいちばんだろう。そうしなかったら、こちらの原っぱを動きまわる〝ハマー〟のヘッドライトかサーチライトに間違いなくつかまってしまう。

ネコが駆けだした。おれも駆けだした。

丘を下るにしたがい、溝はいままでよりも広くなった。その中心を流れる岩がちの水路も同時に広くなった。このあたりは雨水を多く集めるためだろう、水路の両側の雑草はいままで通ってきたところよりもよく茂っていた。だが、月の光をさえぎるほどの茂みにはなっていなかった。体が隠せなくておれは不安だった。

それだけでなく、このあたりの広い溝は市街道路のようにまっすぐ走っている。曲がりくねっていないから、追っ手が溝に入ってきたらすぐに見つかってしまいそうだ。

丘の上では〝ハマー〟が動きを止めたらしい。やかましかったエンジンのうなりがやむと、聞こえるのはおれのエンジンだけになった。ピストンのような心臓の鼓動と、ゼイゼイというあえぎである。

あたりまえだがネコはおれより素早い。四本の足を使ってさっと消えてしまう。しかしこのネコは、常におれから四、五メートルの距離を保ち、二、三分のあいだ、おれを先導するようなかたちで前を歩いた。ネコは月明かりのなかで薄い灰色にもベージュにも見え、ときどきこちらをふり向くその目は霊媒師が霊を呼ぶときのロウソクの炎のようだった。

こいつはもしかしたら意識的に安全な場所へおれを導いているのだろうか。ボビー・ホールウエーがばかにする動物の擬人化におれの頭がふけりだしたとき、ネコはダーッと走っておれから離れていった。嵐が来たらこの水路も鉄砲水に見舞われるのだろう。その鉄砲水さえもいまのネコの速さには及ぶまい。ネコは二秒、長くても三秒で見えなくなってしまった。

おれはそのまま進んだ。一分ほど行ったところで、さっきのネコがまたいた。そこは溝の行き止まりだった。草ぼうぼうの急斜面が、行く手と両側の三面に切り立っていた。傾斜角度は垂直に近く、とてもよじ登れそうになかった。ということは、間違いなくこちらにやって来るふたりの追っ手にここでつかまるということか。おれは完全に袋のなかのネズミになった。

水路の行き止まりには、流されてきた木の枝や、枯れ葉や水草のかたまりや、泥などが堆積していた。月影のここで、ネコが歯をむき出して妖怪の笑いを浮かべてもおかしくない、とおれは思った。

ネコはしかし、ただ首を下げ、体を細めて小さな穴のなかに消えていった。

ここはとにかく水路なのだから、水がここで消えるはずはなく、どこかに流れていっているはずだった。

おれは堆積した土砂の上に登った。土砂は幅三メートル、高さ一メートルもあり、おれの重みでいまにも崩れそうだった。土砂を支えていたのは、ゴミを止めるために土管の入り口に据えつけられていた鉄格子だった。

鉄格子の向こう側は、コンクリートの支えで固定されている直径二メートル足らずの土管の入り口だった。これはあきらかに水害対策用に作られたものである。大雨の水をパシフィック・コースト・ハイウエーの下を通して、ムーンライト・ベイの地下から海へ流すための設備の一部だ。

ひと冬に二度ほど作業員が来て、土砂を掃除するのだが、どうやらここはその作業がなされていないようだった。

土管のなかから「ニャーオ」というネコの鳴き声が聞こえてきた。鳴き声は管にこだまして不気味だった。

鉄格子の穴の大きさは十センチ四方ぐらいで、ネコは自由に出入りできても、おれには小さすぎる。格子は土管の右から左までたっぷりおおっていたが、上部にはすきまを残していた。おれはまず、そのすきまに片足を入れ、それからうしろ向きになってもう片方の足を入れた。土管の天井と格子の上部のすきまは五十センチぐらいだった。格子のてっぺんにレールが通っていて助かった。垂直の鉄棒が突きでていたら、くし刺しになりかねなかった。

鉄格子とそのうしろの星と月を背にして、おれはまっ暗闇に目を凝らした。天井は意外に高く、ちょっと身をかがめるだけで頭をぶつけずにすんだ。

足もとから漂う湿ったコンクリートと腐敗した枯れ葉のにおいは、耐えられないほどの悪臭ではなかった。

おれは足をすべらせるようにして前へ進んだ。土管の底は平らで、ほんのわずか下り勾配になっているのが感じとれた。二、三メートル行ったところでおれは足を止めた。突然深い段差でもあったら大変だからだ。こんなところで行き倒れになるのは願い下げだった。

おれはズボンのポケットからガスライターをとりだした。だが、着火するのをためらった。まっ暗闇のなかの炎は、外からでも見えてしまうだろう。

ネコがまた「ニャーオ」と鳴いた。いまおれに見えるのは、光るそのふたつの目だけだった。ネコまでの距離と、その目がこちらを見る角度から判断して、土管の傾斜はしだいに大きくなっているようだった。だが、急にどうということはなさそうだった。おれはネコの目をたよりに、注意しながら進んだ。おれが接近しすぎたと見るや、ネコはさっと身をかわしていなくなってしまった。おれは途方に暮れた。

しかし、すぐに鳴き声が聞こえてきた。声に続いて、まばたきしない緑色の目がふたたび現われた。

一歩一歩進みながら、おれはこの奇妙な体験に酔いしれていた。夕暮れからの一連の出来事――盗まれたおやじの遺体、両目をくり抜かれた焼き場の死体、霊安室からここまでの追跡劇――どれひとつとっても言葉にできないほど奇っ怪である。だが、不思議さという点で、この小さなトラの親類の行動に勝るものはない。

それとも、これは、例によって、おれの思い過ごしなのだろうか。単なる飼いネコがどうして人間の窮状を知っているはずがある？

いや、そういうこともあるのではないか。

まっ暗で分からなかったが、おれはどうやら、ふたたびゴミだまりにぶち当たったようだった。土管の入り口の堆積物とは違い、ここのは腐った泥だった。下からの悪臭が鼻についた。

おれは暗闇のなかで手さぐりしながらゴミだまりを登った。すると、すぐに、ゴミだまりを作っているのが別の鉄格子だということが分かった。最初の鉄格子でとり除けなかったゴミをここでとり除くためのものらしかった。

さっきと同じようにしてここの障壁を乗り越え、おれは無事に格子の向こう側に降りた。それから、危険を承知でライターをともした。

炎の明かりを受けてネコの目が金色に光った。おれたちは長いあいだ互いを見つめあった。それから、おれの道案内は——とりあえずはそう呼ぶことにする——ひらりと身をかわし、地下水路の奥へ消えていってしまった。

おれはガスを節約するため炎を最小にして、その明かりをたよりに丘の地面の下を進んだ。せまい土管を通りぬけると、大きな水の流れに出た。しばらく行くと、階段のような段差がつづき、段差が終わると、その下の水は流れがなくよどんでいた。表面には灰色のキノコがびっしり生え、カーペットのように水をおおっていた。おそらくこのキノコは、四か月間の雨季だけに生えるのだろう。段差はすべりやすくて、危険だった。しかし、片側の壁には補修作業用の手すりがしつらえてあったので助かった。手すりには、最近の大水で流されてきたらしい枯れ葉がたくさんぶら下がっていた。

何か物音はしないか、追っ手の声は聞こえないか、おれは耳をすませながら流れを下った。だが、聞こえるのはいつも、自分がたてる小さな音だけだった。追っ手は、おれが排水口にもぐったとは思わなかったか、自分たちで排水口に入るのをためらっているかだ。

段差の二段めでおれは丸い大きなキノコの傘を踏みそうになった。光のない汚れた水場に生えるキノコなら、毒キノコに決まっていた。

足で触れるのも気味悪かったから、おれは手すりにしがみついてキノコをよけた。しかし、キノコがあまりにも丸くて大きかったので、おれはちょっと興味を持って、通りすぎてからふり返った。

ライターの炎を大きくして見ると、おれの前にあったのは、キノコではなく、頭蓋骨のかたまりだった。

小鳥のちっちゃな頭蓋骨に、トカゲの細長い頭蓋骨。さらに大きな頭蓋骨は、ネコかイヌのものだろう。それにアライグマ、ヤマアラシ、ウサギや、リス……。

まるで、誰かが煮てきれいに洗ったように、これらの死んだ頭には肉のひとかけらも付着していなかった。ライターの炎に照らされて、どれも白か黄白色に見えた。たくさんあった。百個ではきかなかったろう。足の骨やあばら骨がないのも不思議だった。しかも二列ずつきれいに並んでいた——下の段に二列、下から二段めの段にもう二列——どれも、ここでの出来事を目撃するかのように、カラになった目の孔を上に向けていた。

いったいなんのためにこんなことをするのかおれには見当もつかなかった。地下水路の壁には、悪魔の儀式を示すようなものは何も残されていない。それでも、この頭蓋骨の並べ方には何かの意図があるのは否定しがたかった。その集められた頭蓋骨の量も種類も気持ち悪かったが、それだけのものを殺した残酷さには身の毛のよだつものがあった。

死に魅せられた十三歳のときのボビーとおれのことを思いだして、おれたちよりさらに気味の悪いことが好きなガキがこんな悪さをしたのかなとも思った。犯罪心理学の教えによると、連続殺人犯の多くは三、四歳でその残虐性を示しはじめる。はじめは、虫をいじめたり殺したりしておもしろがり、成長するにしたがい、それが小動物にエスカレートし、それを卒業すると、殺人に至るという。このカタコンベでは、どうやら青年期の悪者がライフワークにとり組んでいるようだった。

段差の最上段の中央には、ほかの頭蓋骨とは異質の骨が飾られていた。人間の頭蓋骨らしかった。

「なんということだ!」

おれのつぶやきがコンクリートの壁にこだました。

硬いコンクリートも人間の骨も、けむり同様に実在感のない地下水路のなかで、おれは、今までにもまして夢の中にいるのだと錯覚しそうだった。それでも、おれは、さすがに、人間の頭蓋骨には手が伸ばせなかった。いや、どの骨にも触れる勇気がなかった。どんなに非現実的に見えても、もしさわったら、骨はやはり冷たくてすべすべしていて、硬いのだろう。

おれはブルッと身震いしてから、先へ進んだ。誰がやったにしろ、こんな不気味な趣味を持った人間に出くわさないことを祈るのみだった。

あの不可思議なネコがふたたび現われてくれることをおれは切に願った。コンクリートの床の上を音もたてずにリズミカルに歩くあいつは、すでにおれの守り神になっていた。どこへ消えたのだ？　支流の土管のなかへでも入ってしまったのだろうか？

コンクリートの水路には貯水箇所がしだいに多くなっていた。ライターのガスがもうそろそろなくなるのではないかと心配しはじめたそのときだった。灰色の光の輪が前方に現われ、それがだんだんと明るさを増した。おれは歩を速めて、光に近づいた。トンネルの終わりだった。鉄格子のふたはなかった。この先は送水装置のある単なるどぶ川だ。

このあたりはおれもよく知っている。町の北部にあたる平地だ。ここから数ブロック行くと海に出るし、半ブロック先にはハイスクールがある。

暗い地下水路を通ってきたあとで味わう夜の空気は格別だった。そのにおいは新鮮なだけでなく、甘くさえあった。顔を上に向けると、磨かれたように雲のない空には、白い星の大群がキラキラと輝いていた。

第九章

ウェルズ・ファーゴ銀行の巨大デジタル時計が見える。それによると、いまは午後七時五十六分だ。ということは、おやじが死んでからまだ三時間しか経っていない。あれからもう何日も過ぎたような気がする。時刻の横には十六度と気温が表示されているが、おれにはもっと肌寒く感じられる。

銀行の角から一ブロック行ったところにあるタイディ・コインランドリー店内は蛍光灯の明かりでまぶしかった。目下のところ、洗濯している客はひとりもいなかった。

おれは一ドル札を手に、目を細めながら店内に入った。洗剤の花の香りと糊《のり》のきついにおいが鼻をついた。光のブロックを帽子のつばにまかせ、おれは最大限に頭を下げ、両替機の前まで突っ走った。スリットに札をすべり込ませ、出てきた四枚の二十五セント硬貨をわしづかみにすると、大急ぎで店内を出た。

二ブロックほど行くと、郵便局の外側に公衆電話があった。羽のような防音シールドのついているやつだ。電話の上方には防犯灯がともっていた。

町は完全に夕闇に包まれていた。

マニュエル・ラミレスはまだ家にいるはずだった。電話してみると、彼の母親のロザリナが出て、息子は何時間も前に家を出たと答えた。今夜のマニュエルは病気欠勤した同僚の分も勤めることになり、夕方はデスクワークをこなし、それが済んでから深夜パトロールをするとのことだった。

おれはムーンライト・ベイ警察署に電話して、ラミレス巡査につないでくれるようオペレーターに頼んだ。

おれが町一番の巡査と信じるマニュエルは、おれより十センチも背が低く、体重は十キロも重く、十二歳も年上のメキシコ系アメリカ人である。野球狂だ。生命が限られているおれはスポーツに関心を持たない。人がやっていることを見て楽しむことに貴重な時間をつかいたくないからだ。マニュエルはカントリーミュージックが好きで、おれはロックが好きだ。彼は熱烈な共和党支持者だが、おれは政治に興味がない。映画の趣味もずいぶん違う。彼はいまどき珍しい白黒時代のアボットとコステロのファンであり、おれは不死身のジャッキー・チェンが好きだ。それでも、おれたちは友達同士である。

「よう、クリス。おやじさんのことは聞いたよ」

電話口に出たマニュエルがまず言った。

「なぐさめる言葉もないよ」

「おれだって言葉が浮かばない」

「わかるよ。でも、おまえのほうは何か言わなくちゃ」

「いや、そのことは何も言いたくない」

「大丈夫なのか、おまえ?」

言葉が出なくて答えられない自分に、おれ自身驚いていた。じわっと襲ってきた喪失感が外科医の針となっておれののどを縫い合わせてしまったかのようだ。

おやじが死んだ直後、クリーブランド医師に同じことを訊かれたときは即答できたのが不思議だ。

おれにとっては医者よりもマニュエルのほうが身近だ。友情が、凍った神経を溶かし、おれに痛みが感じられるようになったということなのだろう。

「おれの勤め明けの夜にでも遊びに来いよ」

おれが黙っていると、マニュエルが言った。

「ビールを飲んで、タマーレを食いながら、ジャッキー・チエンの映画でも見ようや」

野球狂であり、カントリーミュージック派の彼だが、おれたちには共通点もいっぱいある。マニュエル・ラミレスとおれとのあいだにだ。彼は深夜から朝八時までの夜勤が専門だ。人員が足りないときは、三月の今夜のように、二重勤務することもある。彼はおれ同様に夜が好きだ。だが、彼が深夜勤務を選んだのは必要性からだった。昼間勤務のほうが当然希望者が多いから、深夜勤務は給料が高いのだ。それに、彼にはもうひとつ大切な理由があった。これで、夕方まで息子と一緒にすごせるから、かえって好都合なのだ。彼は息子をこよなく愛している。目に入れても痛くないほどの可愛がりようである。マニュエルの妻のカルメリタは十六年前、息子をこの世に送りだした直後に死んだ。トビーは心のやさしい少年だ。ダウン症候群の犠牲者でもある。妻が死んだあとすぐにマニュエルの母が移り住んできて、以来ずっとトビーの面倒を見つづけている。マニュエル・ラミレスは人間の限界を知っている男だ。罰当たりな人間ばかりのこの時代に、毎日運命のなす手を信じて生きている。まあ、ざっとこんなぐあいで、マニュエル・ラミレスとおれとのあいだには共通点が多いのだ。

「ビールとジャッキー・チェンか。いいね」

おれは賛成した。

「だけど、タマーレは誰が作るんだい？――あんたかい？　それとも母さんかい？」

「おれじゃないよ、もちろん。母さんに作ってもらうよ。約束する」

マニュエルは自称料理の名人である。彼の母親も自分を名人だと思っているが、それを口には出さない。ふたりの料理を比べれば、〝腕のよさ〟と〝善意〟との違いが一目瞭然である。

車が一台、おれの背後を通過していった。うつむいて路面を見ていると、おれの影が足もとから伸びて右から左に勢いよく動いていった。

「マニュエル、頼みたいことがあるんだ。タマーレよりも大切なことだ」

「ああ、なんでも遠慮しないで言えよ、クリス」

おれはしばらくためらってから言った。

「おれのおやじにも関係あることなんだ……おやじの遺体にね」

おれのためらいがマニュエルにも伝染したらしかった。物音に聞き耳をたてるネコのように彼は沈黙した。

おれの言葉に、彼はそれ以上の意味を感じとったようだった。答えたときの彼の話し方は微妙に変わっていた。声は友人のままだが、口調は警察官のものになっていた。

「なんの問題だい、クリス？」

「それが、ちょっと気味悪いんだ」

「気味悪い？」

彼はそのひと言を珍味でも賞味するように味わいながら言った。

「電話で話さないほうがいいと思うんだ。これから警察署に行くから、駐車場で会ってくれないか？」

警察署がおれのために照明を消して、ロウソクの明かりで供述書を取ってくれるとは思えなかったので、駐車場を指定した。マニュエルが言った。

「なにか怪しいことなのか？」

「大いにね。しかも気味が悪いんだ」

「スティーブンスン署長は、今日は何か用事があるらしくてまだ署にいるんだ。でもそろそろ帰るだろうから、引き止めておこうか？」

目をくりぬかれたヒッチハイカーの顔がおれの脳裏をよぎった。

「そのほうがいい」

おれは言った。

「この件はスティーブンスン署長にも聞いてもらったほうがいい」

「じゃ、十分後に来られるかな？」

「わかった」

おれは受話器を戻して、町に向きなおった。車が二台通りすぎるところだったので、ライトをよけるために顔を隠した。一台はサターンの最新モデルで、もう一台はシェヴィーのピックアップだった。

白いバンでもなかったし、霊柩車でも、黒い〝ハマー〟でもなかった。

まだ追われているという恐怖感はなかった。いまごろ、ヒッチハイカーは炎で黒こげになっているだろう。証拠が灰になってしまっては、いくらおれが熱っぽく話しても、サンディ・カークや、病院の職員や、その他名の知れぬ悪の仲間たちを追いつめることはできない。

もちろん、おれを殺そうとしたり、誘拐しようとしたら、連中は自分たちの立場を不利にするだけだ。そんなことをしたら、それこそ何人もの目撃者を生むことになる。だが、これまでの連中の行動を証言できるのはおれひとりしかいない。この不気味な犯罪者集団を告発するには、やたらに騒ぎたてるよりも、信用できる人にこっそり訴え出たほうがいい。なにしろその目撃者たるや、町一番の変わり者なのだから――一日じゅうカーテンで閉めきられた家から出るのは、夕刻から明け方まで。太陽を恐れ、甲殻類のようにいつもフードやマントで身を隠し、顔にローションを塗りたくって夜の町を徘徊する奇人。

訴えがあまりにも荒唐無稽なことを考えれば、おれの話を信じてくれる人は少なそうだ。だが、マニュエルだけは信じてくれるだろうとおれは思った。マニュエルが信じてくれれば、署長も信じてくれるだろう。

おれは郵便局の外の電話から離れ、警察署へ向かった。ほんの二ブロックの距離だった。

夜道を急ぎながら、マニュエルと警察署長に話すことの内容をまとめ、復唱した。ルイス・スティーブンスン署長こそ、これから告発する悪人たちにとっては恐るべき存在なのだ。高い背丈。広い肩幅。運動選手のように引きしまった体。それでいて、古代ローマのコインに刻印されたら似合いそうな品のある顔。ときどき彼は、命を賭けた警察署長を演じる役者にさえ見えることがある。もっとも、それがもし演技なら、受賞ものだ。現在五十二歳の彼は同年輩の人間たちよりずっと利口で、むりしなくても尊敬や信頼を集めることができるカリスマ性を持っている。それをいやらしくアピールすることもしない。彼のなかには、心理学者の感性と僧侶の徳が同居している。すべての警察官にそうあってほしいところだが、この資質を兼ねそなえている者は少ない。権力の行使は楽しんでも決してそれを濫用しないまれな役人。権力の行使に際しては、力の弱い者に対する思いやりの気持ちを忘れない紳士。警察署長になってもう十四年だが、その間、スキャンダルや、力量不足や、怠慢などのうわさは一度もない。

そんなわけで、おれは薄暗い夜道をてくてくと歩いた。空の月はさっきよりも高い位置にあった。塀に沿って歩き、民家の庭をすぎ、ゴミ入れの缶を横目に見ながら、おれはこれから警察署でする話の内容を頭の中でくりかえした。マニュエルに十分後と指定されたにもかかわらず、役所のビル裏の駐車場には二分で着いてしまった。

しかしである。

スティーブンスン署長のなにか企《たくら》みのありそうな顔を見たとたん、署長に関するおれのイメージはしぼんだ。いま見える彼の顔は、たしかに端正ではあるが、ローマのコインなどにはとても使えないし、駅にかかげる州知事や米国大統領の写真の横に置くのもふさわしくない。

スティーブンスン署長は役所のビルのいちばん奥にある警察署の裏口に立っていた。裏口の天井の外灯からそそぐ青白い光が署長の顔を照らしていた。署長はすぐうしろの誰かと話していたが、その人間の顔は署長の陰に隠れて見えなかった。

おれは駐車場を横切って、ふたりに近づいていった。ふたりは話に夢中になっていて、おれが来たのに気づいていなかった。むりもない。おれの姿はいろいろな車の陰に隠れていたのだから。街路課のトラック、特殊走行車、水道課のトラック、個人の乗用車などなど。そのあいだを通るとき、おれは外灯の明かりをよけるために身をかがめるようにして進んだ。

おれが車の横から出ようとしていたとき、署長が動いて、陰の男の姿が現われた。おれはハッとなって足を止めると同時に、目を疑った。つんつるてんの頭、のっぺり顔、赤いフラノのシャツ、ブルージーンズ、作業用シューズ——。

ちょっと離れていたので、真珠のイヤリングは見えなかった。

二台の大型車両のあいだにいたおれは、あわてて後ずさりして、車両が投げる暗い影のなかに入った。一台のエンジンはまだ熱く、冷めるにしたがい、ピチンパチンと音をたてていた。署長たちの声は聞こえたが、話の内容まではわからなかった。海風が木の枝葉をゆらして、そのやかましさがおれの耳の邪魔をした。

おれの右側にある車、つまりエンジンがまだ熱いやつは白いフォードのバンだった。つんつるてん頭の男がマーシー病院から乗って出た車だ。おやじの遺体を乗せて！

もしかしたら、キーが差しこんであるかもしれないと思い、おれは運転手側の窓ガラスに顔を押しつけて中をのぞいた。だが、暗くてよく見えなかった。

このバンを乗っ取れれば、おれの訴えの有力な証拠になるかもしれない。たとえ、おやじの遺体がどこかに運び去られていたとしても、なんらかの証拠類は残っているのではなかろうか。たとえば、ヒッチハイカーの血とか。

しかし、おれは、自動車泥棒がやるようなエンジン直結法を知らない。

それぱかりか、運転の仕方を知らないのだ。

それに、たとえおれが運転の天才で、モーツァルトがとんとん拍子に作曲したように、人に教えられずに車両の操作ができたとしても、ここからいちばん近い別の司法区の警察署までは、海岸沿いに三十キロ走るか、北に向かって四十五キロも走らなければならない。そのあいだ、対向車の照明を浴びつづけるわけだ。それはできない。おれの大切なサングラスのレンズはここから遠く離れた丘のどこかに落ちている。

それにもうひとつ問題がある。おれがここでバンのドアを開けたら、室内灯が自動的につく。男たちに気づかれてしまうだろう。

連中はおれをつかまえる。

そして、おれを殺すにちがいない。

警察署の裏口のドアが開き、マニュエル・ラミレスが出てきた。

スティーブンスン署長とその共謀者は話をぴたりとやめた。マニュエルがはたしてつんつるてん頭の男を知っているのかどうか、おれのいた場所からでは見きわめはつかなかった。とにかく見たところでは、マニュエルは署長のほうにだけ顔を向けていた。

ロザリナの自慢の息子であり、カルメリタの死を永遠に悼《いた》む男やもめ。トビーを愛するやさしい父親である彼が、殺人と死体泥棒の犯人一味だとは考えたくなかった。だが、人間が見かけによらないのは人の世の常である。知っているようで、存外その人間の影の部分を見すごしている場合が多い。人間の多くは、底の見えない泥沼のようなものだ。得体の知れない沈殿物を底に何層もかかえ、水の流れを受けるたびに、それを不気味に噴きあげる。しかし、清水のように澄んだマニュエルの胸には、そんな不気味なものを隠しておく場所はない。おれはそう言いきるのに自分の命を賭けてもいい。

だが、マニュエルの命を賭けるわけにはいかない。もし、おれがここで叫んで、マニュエルに助力を求めたら——白いバンのなかをおれと一緒に捜索して、バンそのものを証拠として押収してくれるよう頼んだら——それは、彼に、自殺契約書にサインさせるようなものだ。

そうにちがいない、とおれはその場で確信した。

スティーブンスン署長とつんつるてん頭の男は、マニュエルから顔をそらし、駐車場内をうかがいはじめた。おれが来ることを知っての行動と判断できた。マニュエルから聞いたのだろう。

おれは四つんばいになり、白いバンとトラックのあいだの暗がりに身をひそめた。それから、少なくとも車両番号くらいは覚えておこうと思い、バンのうしろに回った。いつもなら光におびえるおれだが、いまは別のことのほうが緊急だった。

おれは七ケタの番号と頭のアルファベットを必死になって手のひらになぞった。そうしないと、読んだだけでは覚えられそうになかった。

つんつるてん頭の男がバンのほうへやって来るような気がした。いまにも来そうだった。頭を光らせた屠殺者。遺体の商人。くりぬかれた目。

おれは四つんばいになったまま、退散しはじめた。来たときと同じ道をたどり、いろいろな車やゴミ缶の列の陰に隠れながら、駐車場の外の道に出た。

そこからは、ちゃんと立ちあがって駆けだした。ネコのようにすばやく、フクロウの飛行のように音をたてずに走った。夜明けがくる前に安全な場所は見つかるだろうか。それとも、まだ外をさまよっていて、やがて昇る太陽に焼かれてしまうのだろうか!?

第十章

よく考えてみたら、バカみたいに外をうろつく必要はないのだ。とりあえず、家に戻ることはできる。警察に約束した時間だってまだ過ぎていないのだ。実際のところ、あと二分ある。このまますっぽかしても、署長たちがそれと気づくのは十分も過ぎてからだろう。

おれが連中にとって深刻な脅威でないかぎり、連中がおれの自宅にまで捜索の手をのばすことはまずあるまい。とにかくおれは証拠のひとつも握っていないのだから、連中にとっての脅威にはなりえない。

にもかかわらず、連中は何を企んでいるのか、企みの露見を極度に恐れているように見える。わずかなほつれも出すまいと必死になっている。その極端なまでの用心深さがおれの疑念を大きくする。


いつもどおりオーソンが迎えてくれると期待しながら、おれは玄関のドアを開けた。しかし、オーソンはいなかった。オーソンの名を呼んだが、彼は現われなかった。大きな足で床をドンドンとたたきながら暗闇のなかを近づいてくる、いつもの足音も聞こえなかった。機嫌でも悪いのだろうか。いつも元気がよくて遊び好きのあいつには考えづらいことだった。

ムーンライト・ベイの町にある道路のすべてをしっぽをふりふり走っても、くたびれそうにないオーソンなのだ。そんな彼にも、世界が重すぎるときがある。そういうときの彼はぼろきれのように床にうずくまり、力なくため息を吐きながら、悲しそうな目で犬の世界の思い出にふけるか、この世を犬の視界から見つめている。

オーソンがおれを迎えたくないほど意気消沈するなどめったにないことだ。よっぽど悲しんでいるのだろう。

一度オーソンがクローゼットの鏡の前に座り、三十分ちかくも鏡に映る自分の姿を見つめていたことがある。三十分といえば、犬にとっては永遠の長さに等しい。二分間の戸惑いと、三分間のはしゃぎ。その連続が犬の行動パターンなのだ。いったい鏡のなかの何にオーソンはそれほど魅せられたのだろうか。おそらく犬なりの虚栄心と単純な疑問を見たのだろう。そのときおれはそう解釈したが、オーソンの様子はとにかく悲しそうだった。耳をだらんと垂らし、肩を落とし、しっぽを振ることもしなかった。あのときの彼の目は涙でぬれていた、と今でもおれは誓って言える。

「オーソン!?」

おれは大きな声で呼んだ。

階段のシャンデリアのスイッチは、家の中のほかの照明類と同様に光量調節機能つきだ。おれは光量を最小に合わせてスイッチを入れた。階段をのぼるにはその程度の明かりで充分だった。

オーソンは階段をのぼりきったところにもいなかった。

おれは自分の部屋に入って暗い明かりをつけた。オーソンはそこにもいなかった。

ナイトスタンドの上の引き出しを開け、中から封筒をとりあげた。雑費用の現金が入れてある封筒だ。百八十ドルしか入っていなかったが、ないよりはましだと思い、それをポケットにねじ込んだ。なぜ現金が必要なのか自分でも分かっていなかったが、ただ漠然とそうしただけだった。

引き出しを閉めたとき、おれは妙なものに気がついた。ベッドスプレッドの上に黒い品物が置かれていた。とりあげて見ると、どうやら本物のピストルのようだった。おれはびっくりした。

こんなものを見るのははじめてだった。

おやじは銃など所持したことがなかった。

おれは本能的な判断で銃を元あったところに置き、指紋を消すため、ベッドスプレッドの端で銃の表面をふいた。何かの罠にはまるのではと思ったからだ。

テレビは紫外線を放射するが、少し離れれば安全なので、おれはこの何年かのあいだで何百本もの映画を見た。ケーリー・グラントや、ジェームス・スチュアートや、ハリソン・フォードの演じる無実の男たちのドラマをたくさん知っている。ねつ造された証拠を突きつけられ、身に覚えのない罪を着せられ、追いつめられる男たちの話を。

おれはハッとして部屋に続いているバスルームへ行き、薄暗い照明をつけた。しかし、バスタブのなかで死んでいるブロンド美女はいなかった。

オーソンもいなかった。

おれはベッドルームに戻り、そこに突っ立ったまま家のなかの物音に耳をすませた。この霊的な静けさのなかにもし誰かいるとしたら、それは、足を地につけずに動く幽霊ぐらいのものだろう。

こわごわピストルをもう一度とりあげた。いじくっているうちにマガジンが抜けた。弾は全発込められていた。おれはマガジンを銃の台じりに戻した。ピストルは想像以上に重かった。少なくとも五、六百グラムはあったろう。

クリーム色のベッドスプレッドの上にもうひとつ妙なものが置かれていた。その白い封筒に気づいたのは、そのときが初めてだった。

おれはナイトスタンドの引き出しからペンライトをとりだしてきて、封筒を照らしてみた。左端に返送先が印刷されている以外は何も書かれていなかった。〝ゾール銃砲店〟ならこの町にある店だ。封はされておらず、スタンプもポストマークもなく、多少しわが寄っていた。手に取ってみるとちょっと湿っぽかった。ただ、折って入れられていた中の紙は乾いていた。

おれはペンライトを照らして書類をあらためた。カーボンコピーに書かれていたブロックレターはおやじの字だった。彼に犯罪歴や精神病歴がないことを記し、銃の保持許可を地元警察に申請したときの書類だった。銃の代金の領収書のコピーも入っていた。それによると銃は9

ミリ口径の〝グロック17型〟で、おやじは代金を小切手で支払っていた。

その領収書の日付を見て、おれは背すじが寒くなった。二年前の一月十八日となっていた。母さんがハイウェーの自動車事故で死んでから三日目におやじはピストルを購入したことになる。なにか身を守らなければならない切迫した事情でもあったのだろうか？


廊下をはさんで寝室の反対側にある書斎で、おれの携帯電話の充電が完了していた。おれは電源をはずし、携帯電話を腰のベルトにはさんだ。

オーソンは書斎にもいなかった。

おれを送ったあと、サーシャがここに来てオーソンに食事をさせてやったはずだ。もしかしたらサーシャが連れて出たのかもしれなかった。おれが病院へ出かけたとき、オーソンは沈んでいたから、もし彼がそのままの状態だったら、サーシャは放っておけなかったのだろう。彼女には弱い者に同情せずにはいられない血が流れているのだ。

しかし、オーソンがサーシャと出かけたとして、いったい誰が9ミリ口径の〝グロック17〟をおやじの部屋からおれのベッドに移したのか？　サーシャではありえない。この家に拳銃があるなど彼女は知らないはずだし、だいいち、おやじの私物を彼女がいじるはずはないのだ。

机の上の電話は留守番電話になっていた。点滅するメッセージライトの横のカウンターには、着信が二件あったと表示されていた。

留守番電話の時刻表示によれば、最初の電話がかかってきたのはわずか三十分前だった。その電話は二分間も切られずにいたが、かけてきた人間は終始無言だった。

最初は男の鼻息が聞こえていた。おれの部屋のにおいを電話線の向こうから魔法の力でかいでいるかのように、男はしきりに鼻を鳴らしていた。それとも、おれが家にいるかどうか、そうやって確かめていたのかもしれない。そのうち、男は録音されているのを忘れたのか、鼻唄を歌いだした。ボーッとした人間が何も考えずに口ずさむ調子で、聞いたこともない即興の、メロディとも言えない気味悪い小節を繰り返していた。発狂した男が聞く破壊の天使の歌とは、こういう旋律かもしれない。

おれの知らない男だった。友達の声だったら、たとえハミングだけでも聞き違えることはない。番号違いでもなさそうだった。

なぜ、こう気味の悪いことばかり起きるのだ。この無言電話も、おやじの死後に起きたことと無関係ではなさそうだった。

最初の電話が切れる前に、おれは我知らずこぶしを握りしめていた。肺には無用な空気をためていた。電話が切れたところで、おれは熱い汚れた空気を吐き、冷たい新鮮な空気を吸いこんだ。だが、握ったこぶしはまだほどけなかった。

二本めの電話は、おれが家に着く五分前にかかっていた。おやじの世話をしていた看護婦、アンジェラ・フェリーマンからだった。彼女は名を名乗らなかったが、その音楽のような耳ざわりのいい声から、ひと声聞いて彼女だと分かった。いかにも彼女らしく、そのメッセージも、塀のとまり木からとまり木へ飛ぶ小鳥のようにせわしなかった。

「話があるの、クリス。どうしても話しておきたいの。都合がつきしだい。今夜にでも。もしあなたが今夜来られたら。わたしはいま、帰りの車のなかよ。わたしの住所知ってるでしょ。直接来てちょうだい。電話しないでね。本当はこの電話もかけたくなかったの。会って直接話すわ。来たとき、裏口をノックして。どんなに遅くなってもいいから、必ず来てね。わたし、寝ないで待ってるから。どうせ眠れそうもないし」

おれは留守番電話のテープを新しいものに換え、いままで入っていたテープを、机の横にあるゴミ箱の底の紙くずの下に隠した。

この二本の電話だけでは警察を説得する材料にはなりえないだろう。それでもやはり、これは、おれに残された唯一の証拠である。何か途方もない事件を暗示する証拠――太陽のないこのケチな差別社会におれが生まれでたことよりも――やっかいな難病〝ジロデルマ・ピグメントサム〟患者が二十八年間生きぬいたことよりも――途方もない何かの。

家にとどまっていたのは十分足らずだが、それでも長居しすぎたような気がして、おれはあせっていた。

オーソンを捜しながら気が気でなかった。いつ玄関のドアがぶち破られ、一階のガラス窓がたたき壊されて、侵入者たちがどやどやと入ってくるかもしれなかった。しかし、家は静まりかえったままだった。だが、この静寂は、池の表面張力のように、さざ波をたたえた静かさだ。オーソンはおやじの寝室にもバスルームにもいなかった。ウォークイン・クローゼットにもいなかった。

秒を追うごとに、オーソンのことが心配になってきた。ピストルをおれのベッドに置いたやつが誰にしろ、そいつがオーソンを連れ去ったのか、あるいはどうにかしたのだろうか。

おれはふたたび自分の部屋に戻り、予備用のサングラスを衣装ダンスの引き出しから取りだし、シャツのポケットにしまった。

それから、液晶表示の腕時計に目を落とした。

そして、ソール銃砲店の領収書と、警察への提出書類のコピーを急いで封筒にしまった。それが証拠品になるのか、単なるゴミで終わるのかは分からなかったが、ベッドのマットレスとスプリングのあいだにすべり込ませた。

拳銃を購入した日付に何か意味が隠されているのでは、と思えてならなかった。そう考えると、すべてに意味がありそうだった。

おれはピストルを持っていくことにした。映画のストーリーのように、これはおれをはめるための罠かもしれなかったが、銃があったほうが安全な気がした。ただ、使い方を知らないのが心細かった。

革ジャケットのポケットは大きかったので、銃はすっぽり入った。ポケットの底におさまった銃は、重い鉄のかたまりというより、ダイナマイトか、それとも、何かヘビのような生き物のような感じがした。

オーソンを捜しに階下におりようとしていたとき、おれは七月のある夜のことを思いだした。あの夜おれは、寝室の窓から、裏庭で奇妙な行動をとっているオーソンをながめていた。

空の何かに引かれるように、あのときオーソンは顔をあげ、鼻を突きだして息をしていた。夏の夜空に月は出ていなかったから、月に向かって吠えていたわけではなかった。かといって、キャンキャンと鳴いていたわけでもなく、そのときオーソンがもらしていた声は、どう考えてもすすり泣きだった。

その同じ窓のブラインドをさっと開けると、なんとオーソンはそこにいた。月明かりで銀色に光る裏庭の芝生に黒い大きな穴を掘っていた。前後の足を動かして穴掘りに夢中になっていた。穴など掘ったことのない品行方正なオーソンにしては、奇妙な行動と言わざるをえなかった。

おれが見ていると、オーソンはいままで掘っていた穴を放棄したかと思うと、今度はその近くに別の穴を掘りはじめた。このときのオーソンのふるまいを形容するなら〝半狂乱〟がふさわしかった。

「いったいどうしたんだ、あいつは?」

おれが首をかしげているとも知らずに、裏庭のオーソンは、穴を掘りつづけた。

重いピストルをポケットに、階段を下りながら、おれは七月のあの夜、すすり泣くオーソンの横に座ったときのことを思いだした。

彼の鳴き声は、炎の上で器の形を作るガラス職人が吹く息のように、口のなかで詰まってかぼそかった。近所にも聞こえるはずのない小さな声だった。だが、そのなかに、おれは言い知れぬ〝哀れ〟を感じた。その声でオーソンは、どんなガラス職人も作りえないような暗くて不思議な形の苦悩を作りだしていた。

ケガもしていなければ、病気でもなさそうだった。もし彼を苦しめているものがあるとしたら、空の星しか考えられなかった。だが、犬の視力では星は見えない、とおれたちは教わっている。それに、星を見てどうしてオーソンが悲しむはずがあるのか。その空の深みも、いつに変わらない夜ではないか。それなのに彼は、空に鼻を向け、すすり泣くのをやめなかった。慰めようとするおれの言葉にも応えなかった。

彼の頭に手を置き、背中をなでてやると、激しい震えがその体じゅうに伝わっていくのが分かった。彼は勢いよく立ちあがり、トコトコと歩きだすと、立ち止まっておれの方をふり向いた。あのときのあいつの目は、おれを嫌っている目だったと断言してもいい。彼はいつもおれのことが好きだ。おれの犬だし、主人を愛するのが犬としての彼の宿命なのだ。だが、同時に彼は、おれのことを嫌っていた。少なくとも、あのときはそうだった。空気が生暖かかった七月のあの夜、憎しみのオーラが彼の体からまるで目に見えるように発せられていた。オーソンは少し歩んでは、おれのほうをふり返って見ていた。ああして長いあいだ視線を向けられるのは、犬のなかでもオーソンだけだろう。同じように、空を見上げ、怒りに体を震わせながら、絶望して泣くようなことをほかの犬はしない。

その話をボビー・ホールウエーにしたところ、犬が誰かを憎むことなどありえないと言って、彼はまったく話に乗ろうとしなかった。犬には〝絶望〟などという複雑な感情もない——あるのは、見たとおりの〝喜怒〟だけだ、というのがボビーの主張だった。それでもおれが自分の解釈を述べると、ボビーのやつはこう言いやがった。

「いいか、スノー。〝いまどきの若者〟みたいに気持ち悪い話をしたいためにここに来るなら、ショットガンでも買ってきて、おれの頭をぶち抜いてからにしてくれ。拷問じゃあるまいし、変な話をうじうじ聞かされるより、そのほうがさっぱりしていいや。人間のがまんには限度ってものがあるんだぞ。そんな話をされたら、聖フランチェスコだって怒りだすさ。おれだって同じだ」

なんと言われようと、おれはこの目で見たのだ。あの夜、オーソンはおれを憎んでいた。彼の心を暗くして絶望に追いこんだのは、空にある何かだとおれは分かっている。星なのか、暗さなのか、それともオーソンが想像する別の何かか。

犬に想像力はあるのだろうか？　ないとは言えまい。

犬が夢見ることをおれは知っている。犬たちが寝ているところを何度も見た。夢のなかでウサギでも追いかけるかのように、足をばたつかせている犬もいれば、敵とにらみ合っているのか、うなる犬もいる。

あの夜、オーソンの〝憎しみ〟に出合い、それが原因で、彼を怖がるようになるおれではなかった。むしろ、彼のことが心配になった。彼が不機嫌になっておれに危害を加えるようなことはありえなかったが、精神を患うことはありえた。

おれの話が動物の精神に及ぶや、ボビーは口角泡を飛ばしておれの説を圧倒した。そのつじつまの合わないこと、身ぶり手ぶりのおかしなこと、ショーにして入場料でも取ったら、ひと儲けできそうだった。

とにかく、その日おれは、庭で長いあいだオーソンの相手をつとめた。もっとも、オーソンの方はそれを望んでいなかったのかもしれない。彼は、おれをにらんでは、空を見上げ、カミソリのような薄い声ですすり泣き、身を震わせながら庭をぐるぐる回り、同じ行動を明け方までくり返した。そして、ついに疲れきって、おれのところにやって来ると、おれのひざの上に頭をのせ、ようやく、おれを慕《した》ってくれるいつものオーソンに戻った。

太陽が昇るちょっと前、おれは二階へ行き、いつもより早めだったが、ベッドに入ろうとしていた。オーソンはおれについて来ていた。ふつう、彼はおれの足もとにうずくまって、おれの眠る時間に眠る。だが、この夜の彼は、おれに背を向け、ずっと離れたところでうずくまっていた。おれは彼が眠りに落ちるまで、そのふさふさした黒い毛をなでつづけてやった。

その日、おれ自身は一睡もしなかった。横になったまま、ブラインドの外の暑い朝のことを考えていた。きっと、飛んでいる小鳥をえがいた青い陶器の皿をかぶせたような空なのだろう。おれが絵でしか見たことのない昼間の小鳥たち。それに、ハチやチョウ。夜の世界では決して見られない、ナイフで切られたようにシャープで、インクのようにまっ黒な影。おれはあれこれ考えながら、苦いあくびばかりが出て、ついに眠りに入れなかった。

あれから三年近く経ったいま、キッチンのドアを開け、裏口から足を踏みだしつつ、おれは願った。オーソンの機嫌があの夜のようでないことを。

自転車が玄関口に立てかけてあったので、おれはそれを引いて石段を下り、夢中になって穴を掘りつづけるオーソンのそばに寄った。

裏庭の南西の角には彼の掘った穴が半ダースもできていた。大きさも深さもいろいろだった。庭の芝生の四分の一は、根こそぎ抜かれた草の葉やほじくられた土で汚れていた。

「オーソン?」

オーソンは反応しなかった。穴掘りの足を止めようともしなかった。

彼の足が蹴りあげる土をかぶらないよう、おれは、いま掘られている穴をぐるっとまわってオーソンの前に来た。

「よう、親友」

おれはもう一度呼びかけた。

オーソンは首を下げたまま穴を掘りつづけ、土をかきだしては、くんくんと不審そうに底のにおいをかいでいた。

風はやみ、満月が子供の風船のように庭の木のいちばん高い枝のところに引っかかっていた。上空からは夜タカが舞いおりてきたかと思うと、さっと舞いあがり、ピーピーと鳴きながら円をえがいて飛んだ。空中に飛んでいる羽アリや春のガを食べているのだろう。

おれは、懸命に穴を掘るオーソンになおも話しかけた。

「最近はいい骨が見つからないのかな？」

オーソンは一瞬掘るのをやめたが、おれを無視して狂ったように土のにおいをかぎつづけた。新しい土のにおいはおれの鼻にも届いていた。

「おまえをここに出したのは誰なんだ？」

外でトイレをさせるため、サーシャが連れだしたのかもしれない。だとしても、彼女なら用事が終わったあとで家のなかに連れ戻すはずだ。そう分かっていながら、おれは訊いた。

「サーシャか？」

彼に庭を台無しにさせたのがサーシャなら、オーソンとしてはサーシャを裏切れないだろう。だから、真実を読まれまいとして、おれに目を見せようとしないのだ。

オーソンは、いま掘っている穴を捨てて、その前に掘った穴のところへ行ってにおいをかぎはじめた。地球の反対側の中国の犬との連帯でも模索しているのだろうか。

彼はおそらく、おやじが死んだことを知っているのだろう。サーシャが何時間か前に言ったように、動物はなんでも分かっているのだ。この半狂乱の穴掘りも、悲しみのエネルギーの、オーソン流発散法なのかもしれない。

おれは自転車を草の上に横にすると、穴を掘る友の前にかがんだ。それから彼の首をつかみ、顔をそっとこちらに向けさせた。

「いったい、どうしたんだい？」

犬の目にある黒さは、星のかがやく空の黒さではなく、荒れた土の黒さだった。深くて、読めない黒さだ。

「これから出かけなければならないんだ、親友」

おれはオーソンに言って聞かせた。

「一緒に来てほしい」

オーソンはクンと鳴くと、首をかしげて、掘り散らかした周囲を見まわした。この大事業を完成させずに出かけるのは残念だとでも言いたげな表情だった。

「朝がきたら、サーシャのところに移る。おまえをひとり、ここに残しておきたくないんだ」

おれがサーシャの名前を口にしたからでもあるまいに、オーソンは耳をぴくっと立て、おれに抱えられた首を強引に曲げて家のほうを見た。

おれが手をはなすと、オーソンはとつぜん走りだし、庭を横切り、裏口の手前で止まった。そこでの彼は、首を伸ばし、片足をなかば上げて、極度な警戒態勢をとった。

「なんだっていうんだ、おまえ？」

おれはささやいた。

風もなく、静かな夜で、オーソンから六、七メートルしか離れていないのに、彼のうなり声はおれの耳に届かなかった。

さっき庭に出るとき、家のなかの照明はぜんぶ消してきた。暗い窓には幽霊の影さえ映らないはずだ。

しかし、オーソンは誰かいるのに気づいたらしい。家を遠巻きにしはじめた。やがて、彼はネコのような敏しょうさで体をまわすと、こちらに向かってすっ飛んできた。

横になっていた自転車をおれがちょうど立てたときだった。

しっぽを下げ、耳をぶらんとさせて、オーソンはおれの横を勢いよく通りすぎて、裏の門の前で止まった。

犬の本能は信頼できる。おれはもたもたせずに門のところでオーソンに合流した。家の周囲は、おれの背丈ほどある杉材の塀でおおわれている。門もやはり杉材でできている。カンヌキに手をかけると、鉄はひんやりと冷たかった。おれはカンヌキをそっとはずした。そして、ギイーと音をたてる蝶つがいを呪った。

門を出ると、そこは硬い未舗装の歩道になっている。歩道のこちら側がおれの家の垣根で、向こう側はユーカリの林になっている。

誰かに待ち伏せされてはいまいかとビクビクしながら表に出たが、歩道に人影はなかった。ユーカリの林の南には、ゴルフコースと、ムーンライト・ベイ・ホテルと、カントリークラブの建物がある。金曜日の夜のこの時間、木立ちのあいまからのぞくゴルフコースは海のように黒く、うねって見えた。遠くに見えるホテルの窓明かりは、タヒチへ向かう豪華客船の舷窓《げんそう》のようだ。

歩道を左に向かって丘を上がっていけば、行き着くところは町の中心にあるベルナデット・カトリック教会付属の墓地である。右に下りると、町の低地に出て、その先に港と太平洋がある。

おれはギアを上りにシフトして、墓地をめざした。ユーカリのにおいをかぐと、焼き場の窓と、そこから見えた美しい婦人の死体を思いだす。横ではオーソンがトコトコと歩き、遠くのホテルからはゴルフ場を伝わってダンス音楽が、近くの民家の窓からは赤ん坊の泣き声が聞こえてくる。ジャケットのポケットはピストルの重みでぶらさがり、頭上では夜タカが舞って昆虫をつかまえている。天と地で繰り広げられる生と死。

第十一章

アンジェラ・フェリーマンが電話してきた件。彼女がしたい話とやらを、おれはぜひ聞きたかった。何かの秘密を明かしたげな彼女の口調だった。いまのおれの気分にぴったりである。誰かにこの秘密の一端でも暴露してもらわなければ、気持ち悪くて発狂でもしそうだ。

だがその前に、サーシャに電話しなければならない。おやじがどうなったか、彼女はその話が聞きたくて、おれからの連絡を待っているはずだ。

おれはセント・ベルナデット墓地に立ち寄った。いちだんと明るい町明かりの中の暗い寄港地である。おれはここが大好きだ。カシの大木が六本、大円柱のようにそびえ、枝葉をからみ合わせた天井を支えている。その下の静かなスペースは、どこの図書館にでもある通路のようにあちこちに通じている。つらなる墓石は本の列で、そこに刻まれている名前は〝命〟という書物の一ページを転写されたものだ。どこかで忘れられた存在でも、ここではちゃんと記憶されている。

墓地のドングリを目当てに日中やってくるリスのにおいをかいで、オーソンはあっちへ行ったりこっちへ来たりしていた。彼は決して獲物に飢えるハンターではないが、自分の好奇心は満足させたい学者なのである。

ベルトから携帯電話を抜き、おれはサーシャ・グッダルの携帯電話の番号を押した。ふたつめの呼び出しベルで彼女が出た。

「おやじは、もういないよ……」

おれの言葉には、彼女が知りうる以上の意味が込められていた。

おやじの死を予期して、サーシャはもう何時間も前に悲しみの言葉を述べていた。いまの彼女の声は冷静そうに聞こえるが、悲しみでこわばっているのがおれにはよく分かった。

「それで、お父さんは……苦しまずに逝かれたの？」

「ぜんぜん苦しまなかった」

「意識はあった？」

「ああ。お互いに〝グッバイ〟を言いあえたよ」

〈〝何ものも恐れるな〟とも言われた〉

サーシャが言った。

「命って不公平よね」

「それがルールだから、しょうがないさ」

おれは答えた。

「いずれ終わりが来ることに同意のうえで、おれたちは人生ゲームに参加しているんだよ」

「でも、納得できないわ。あなたはいま、病院からかけてるの？」

「いや、外からだ。ぶらぶらしているんだ。エネルギーを放出するためにね。きみは今どこなんだい？」

「エクスプローラーで移動中よ。これから《ピンキーズ・ダイナー》へ行って、大急ぎで朝食をとって番組の原稿を書こうと思うの」

彼女は三時間半の番組を担当している。

「それとも、一緒に食べるなら、テイクアウトするけど?」

「腹はへってない」

おれは正直に言った。

「でも、あとで会いたいな」

「いつ?」

「きみが仕事を終えて帰るのを、きみのところで待っているよ。それでよかったらそうしたいんだ」

「完璧よ。愛しているわ、スノーマン」

「愛している」

「わたしたちの呪文《じゅもん》ね」

「おれたちの真実さ」

おれはスイッチを切って携帯電話をベルトに戻した。

自転車をこいで墓地を出るとき、おれの四つ足の友はその場を離れたくなさそうだった。頭のなかがリスの謎でいっぱいなのだ。

おれはアンジェラ・フェリーマンの家へ向かった。できうるかぎり未舗装の歩道を通った。そこなら車が通らなかったし、広い道には必ず街灯があるからだ。どうしても街灯の下を通らなければならないときは、力いっぱいにペダルをこいだ。

おれの投げる影よりも黒いオーソンは、忠実におれのペースに合わせていた。自転車の横をトコトコと駆けながら、さっきよりはだいぶ幸せそうだった。

そのあいだ、おれは四台の車とすれ違った。そのたびに目をすぼめ、横を向いて、ヘッドライトをよけた。

アンジェラは、丘の上の道沿いに建つスペイン風のチャーミングなバンガローに住んでいた。家をとり囲んでいるモクレンの木に花はまだ咲いていなかったし、表玄関に面した部分の窓は暗かった。

横の門が開いていて、おれはそこから、格子の囲いのある通路に入った。通路の壁や天井にはスタージャスミンのつるが絡み、開花の季節がやって来たらさぞやと思わせる。夏には五弁の白い花が咲きみだれ、格子はあたかもレースを積み重ねた織物のようになるのだろう。三月のいまでも、緑の茂みは、針の先のようなつぼみで彩られて生き生きして見える。

おれが息を吸いこんでジャスミンの香りを味わっているあいだ、オーソンはくしゃみを二度もした。

通路からバンガローの裏手に回り、そこでおれは自転車を、中庭の天幕を支えているレッドウッドの柱に立てかけた。

「用心してるんだぞ」

おれはオーソンに言って聞かせた。

「おまえは強いんだからな。悪いやつが来たらやっつけちゃえよ」

まるで、自分の任務を理解したかのようにオーソンは「ウフッ」とうなった。ボビー・ホールウェーがなんと言おうと、彼には人間社会が分かるのかもしれない。

キッチンの窓のカーテンを通して、ロウソクの炎のゆらゆら揺れているのが見えた。ドアには、小さなガラスが四つはめ込まれていた。おれはそのひとつを軽くたたいた。

アンジェラ・フェリーマンがカーテンを引いた。彼女の神経質そうな目がおれを射った。アンジェラはその目でおれの背後の中庭を見まわした。おれがひとりで来たことを確認するためだろう。

なにやら秘密めいた仕種で、彼女はおれを中に入れ、うしろのドアを閉めた。それから、誰にものぞかれないよう、カーテンを直してすきまをなくした。

キッチンの中は充分に暖かかったのに、アンジェラはグレーのスエットスーツの上にウールのカーディガンをはおっていた。ネービーブルーのそのカーディガンは、先立たれた夫のものなのだろう。丈はひざまで届き、肩の位置はひじ辺りにあり、腕まくりした折り返しが手錠のように重そうだった。

この飾り気のない格好のせいで、アンジェラはよけいにやせて、いままで以上に小さく見えた。寒いのか、血の気のない顔をして震えていた。

アンジェラは両腕を広げておれを抱いた。いつものように力強くて骨っぽさの感じられる抱擁だったが、なぜか、おれは、名状しがたい疲れを彼女の腕のなかに感じた。

彼女は磨かれた松材のテーブルに着き、おれを向かいあった椅子に座らせた。おれは帽子をとり、キッチンのなかが暖かかったので、ジャケットも脱ごうかと思った。だが、ポケットに入っているピストルのことを思いだしてやめた。ジャケットをそでからはずすとき、ピストルが床や背もたれにぶつかったりしたら、アンジェラはさぞびっくりするだろう。彼女を怖がらせるのはまずいと思った。

テーブルの中央には三本のロウソクがともり、ロウソクはルビー色のガラスの容器に入れられていた。赤い炎は、ピカピカに磨かれたテーブルの表面でも揺れていた。

アプリコットのブランデーのボトルが一本、テーブルの上に置かれていた。アンジェラはそれにブランデーグラスを用意していた。おれはブランデーをグラスに半分ほど注いだ。

彼女のグラスにはなみなみと注がれていた。しかも、これが最初の一杯ではなさそうだった。

アンジェラはそこから暖でもとるかのように、グラスを両手で包んだ。そしてそれを口もとへ持っていったときの彼女は、まるで孤児のようにみすぼらしく見えた。やせこけた彼女ではあるが、実際の年齢より十五歳も若い三十五歳と言っても、通用しそうだ。事実、この瞬間の彼女はまるで子供のようにも見えた。

「わたしは小さい子供のときから、看護婦になりたかったのよ」

「それで、最高の看護婦になれたじゃないですか」

おれは心からそう言った。アンジェラはアプリコットのブランデーをひとすすりしてから、グラスの中を見つめた。

「わたしの母はリューマチ性関節炎をわずらってね。病状の進行が早くて、わたしが六歳のときは、足に金具をはめ、松葉杖で歩いていたわ。わたしが十二歳の誕生日を迎えるとすぐ、母親は寝たきりになり、わたしが十六歳のときに帰らぬ人となってしまったの」

おれはそのことについて何も答えてやれなかった。何を言っても無意味だろうし、彼女の慰めにはならないだろう。どんなに心がこもっていても、こういうときの言葉は、苦くなった酢のようにそらぞらしく聞こえるものなのだ。

彼女はもっと大切なことを話したがっているはずだ。どこから始めて、どう話していこうかと、頭のなかで言葉を整理しているのだろう。きっと口から出すのが怖いからだ。彼女のおびえているのがはためにも分かる。骨の震えがそのロウのような肌に現われている。

彼女は本題に入るきっかけを求めて、ぽつりぽつりと語りつづけた。

「母さんが動けなくなったとき、わたしはあれこれ持っていってあげるのが楽しかったわ。アイスティーとか、サンドイッチとか、薬とか、クッションとか、なんでも持っていってあげた。はじめは小物だったけど、病状が進むにつれ、それが便器になり、最後のころはお漏らしするたびに新しいシーツを持っていくことになったの。でも、わたしは気にしなかった。母はいつもにこにこして、そのはれ上がった手でわたしの頭をなでてくれた。わたしは物を運んでやる以外なにもしてやれなかった。病状を少しでもよくしてあげたり、苦しみを少しでも和らげてあげたり、病状を記録しておいてあげたり、わたしは本当は母にそういうことをしてあげたかったの」

アプリコットのブランデーは甘くて、ブランデーとは呼びがたかったが、想像していたほどは甘くはなかった。もちろん利き目はあった。だが、どれほど飲んでも、両親のことを忘れるほどは酔えなかった。アンジェラだって同じだったろう。

「だから、わたしは看護婦になることだけが夢だったの」

彼女は同じ言葉をくり返した。

「実際に看護婦になってみて、仕事は充実していたわ。怖かったり、悲しかったりすることはあったけどね。患者に死なれたときなどよ。でも多くの場合は、やりがいがあったわ」

ブランデーのグラスから顔を上げたときの彼女は、何かを思いだそうと目を大きく開いていた。

「あなたが虫垂炎にかかったとき、わたしは本当に怖かった。小さなクリスが死んじゃうと思ってね」

「おれは十九歳だったから、もう小さくはなかったさ」

「あのね、ハニー。あなたがまだヨチヨチ歩きのときから、わたしはお宅に通っていたのよ。わたしにとってあなたは、いつまでも小さな男の子なの」

おれはにっこりして言った。

「ありがとう、アンジェラ。おれはあんたが大好きだ」

おれは、感情の表現が直接的で、それが人をびっくりさせることがよくある。だから気をつけて話しているつもりだが、ついうっかりしてしまうときもある。この場合がそうだった。おれの言葉が彼女をいたく感激させた。

彼女の目に、みるみる涙があふれた。それをこぼすまいと、アンジェラは唇をかみ、ブランデーグラスを顔に近づけた。

九年前、おれは、症状が悪化するまで気づかない種類の虫垂炎にかかった。朝食後、胃がちょっとむかつき、昼食のあとで、顔に血をのぼらせ、汗を噴きだしながら食べた物をもどした。その後、腹部の激痛でおれは煮立つ油のなかのエビのようにのたうちまわった。

おれの病気の治療には途方もない準備が必要だった。マーシー病院ではその準備ができていなくて、おれはあやうく命を落とすところだった。外科医は暗闇のなかか、せいぜいロウソクの明かりで手術を進めなければならないのだ。もし通常の照明の下で行なったら、悪性腫瘍をひきおこすのは必定だった。だから結局、手術は最小限の明かりのなかで行なわれることになった。手術箇所だけを露出させる長方形の窓のついたドレープがおれの体にかけられた。ドレープの窓は、メスが入るぎりぎりの大きさにせばめられていた。それやこれやで、準備と執刀に予定外の時間がかかり、外科医のメスが患部に届いたときは、盲腸はすでに破裂していた。医師たちの懸命な処置にもかかわらず、手術は不成功に終わり、ショックがおさまる二日後を待って再手術が行なわれた。

敗血症によるショックから回復し、命の危険を脱したあとも、おれは手術の被爆による悪性腫瘍の発生を心配して生きなければならなかった。これがXP遺伝子を持って生まれたおれの宿命である。受けた光は、銀行に小銭預金するように、決して減ることはなく、少しずつたまり、積もり積もってついには脳腫瘍などをひきおこす——原因ははっきり分かっていないが、激しい肉体的ショックや痛みも腫瘍発生の引き金になる。結果として現われる症状は、首や手の震え、聴覚の喪失、言語障害、脳の機能障害……。

症状が現われはしまいかと、おれはハラハラしながら何か月も過ごした。だが、心配した事態にはならなかった。

偉大な詩人ウィリアム・ディーン・ハウエルズは、〝死は飲み干したコップの底である〟と言った。おれの場合、底に甘い茶がまだ少し残っていたわけだ。

目の前のグラスにはブランデーがまだ少し残っていた。

もうひとくちゴクリと飲んで、アンジェラは続けた。

「あこがれてなった看護婦なのに、いまのわたしを見て！」

彼女はおれに訊いてほしそうだったので、おれはそのとおりにした。

「いったい、どうしたんですか？」

ルビー色のガラスを通して見える炎を見つめながら、彼女は言った。

「人の命にかかわるのが看護婦の仕事でしょ。それなのに、いまのわたしは、人が死ぬのを黙って見ていなければならないのよ！」

「意味がよく分かりませんけど」

おれはそう言って、彼女の説明を待った。

「わたしはとんでもないことをしてしまったの」

「そんなこと言われても信じられないな」

「ほかの人がとんでもないことをするのを見てしまったのよ。それが止められなかったんだから、わたしも同罪だわ」

「止めようとしたら、止められたことなんですか？」

アンジェラはしばらく考えてから言った。

「それはむりでしょうね」

「人間ひとりの力では世界は背負いきれませんよ」

「でも、誰かがやらなくちゃ」

おれはそれに答えず、彼女が続けるのを待った。ブランデーの味はまあまあだった。

「あなたに話すのは今しかないと思って。もう時間がないの。わたしもそのうちになるんだ――」

「そのうちになる？」

「わたしには分かっているの。一か月後になるか、半年後になるか、わたしは自分が忌み嫌う人間になるような気がするの。それが怖いわ」

「まだよく分からないな」

「わたしは分かっているの」

「じゃあ、どうしたらいいんですか?」

「どうしようもないわ。誰が何をしてもむだ。あなたにもわたしにもできることはありません。神さまにだってできないでしょう」

彼女は視線をロウソクの炎からグラスのなかの黄金の液体に移し、激しい口調で言った。

「汚ない事件よこれは、クリス。汚ないことはそこらじゅうにいっぱいあるけど、こんな汚ないことは今までになかったわ。プライドや傲慢さや嫉妬からこんなことに引き込まれてしまったの。ああ、神さま。もうダメ。わたしたちの負けだわ。もう起きちゃったことは元に戻すことができないんですもの」

彼女の口調はしっかりしていたが、飲んだブランデーははたして何杯めなのか、彼女は酔っているせいでオーバーなことを言っているのだとおれは受けとりたかった。彼女が勝手に〝終わり〟だと思いこんでいるだけで、ハリケーンもじつは突風程度の気まぐれな風にすぎないのではないか、と。

それでも彼女は暑すぎるキッチンの温度にも、ブランデーのアルコール度にも参っていなかった。

「わたしが何を言ってもあの連中をやめさせられない」

彼女は言った。

「でも、あの連中の秘密をバラすことはできる。あなたのお父さんやお母さんに何があったのか、あなたには知る権利があるわ、クリス。知るのはつらいでしょうけどね。こんなことがなくても、あなたの人生は難儀つづきですのにね」

難儀つづきと言われても、ちょっとピンとこなかった。おれは自分の人生をほかの人と違うとは思っていたが、難儀だなんて感じたことはなかった。もし、おれがほかの人との違いにいきどおり、夜ごと、いわゆる〝平等〟を求めて泣きわめいていたら、たしかにおれの人生はおろし板ほどにトゲだらけだろう。それに頭をこすって血でも流しそうだ。だがおれは、与えられた境遇を大切にして、それを生かす道を選んでいる。だから、おれの人生は、つらさも楽しさも中くらいである。

しかし、このへんの説明をアンジェラにしてもしょうがない。もし秘密を明かす彼女の動機が〝憐れみ〟にあるのなら、それを聞くおれは、悲劇の主人公を装うべきでは。マクベスの仮面でもかぶるか？　それともリア王のか？　もっと手みじかなところで、溶鉱炉のなかに溶けていく『ターミネーター2』のシュワルツェネッガーあたりでもいいか?

「あなたは友達をたくさんお持ちだけどね……あなたの知らないところには敵もたくさんいるのよ」

アンジェラは続けた。

「危険な連中よ。頭がおかしいんじゃないかしら、あの人たち……あの連中もそのうちになるんだわ――」

〝そのうちになる〟謎めいた言葉はこれで二度めだ。

おれは首のうしろをさすった。べつにクモはたかっていなかった。アンジェラは言った。

「もし、あなたの番が来たら……万一のことだけどね……あなたは真実を知っていたほうがいいわ。どこから話したらいいのかしら? そうね、〝サル〟の話から始めるわ」

「サル?」

おれは聞き違えたのかと思って、訊きなおした。

「ええ、サルよ」

彼女は確認した。一連の話のなかで〝サル〟という言葉は唐突で妙だった。アンジェラは相当まわっているな、とおれは彼女の酩酊度を推測した。

アンジェラがグラスから顔を上げた。彼女の目はにごった水たまりに見えた。おれが小さいときから知っているアンジェラ・フェリーマンのいきいきした部分が完全に死に絶えていた。ただ灰色に光るだけのうつろな目を見て、おれはうなじに鳥肌が立った。〝サル〟という言葉が、急に妙でも唐突でもなく感じられた。

第十二章

「四年前のクリスマスイブだったわ」

彼女は語りはじめた。

「日が暮れてから一時間くらい経っていたかしら。わたしはこのキッチンでクッキーを焼いていたの。ふたつあるオーブンの両方を使ってね。ひとつではクルミのオートミールを作っていたの。ラジオからはジョニー・マシスか誰かが歌う『シルバーベル』が聞こえていたわ」

おれは目を閉じた。その夜のキッチンの光景を頭に思い浮かべようとしたのもあるが、アンジェラの呪われたような目をこれ以上見たくないからでもあった。彼女はつづけた。

「そろそろロッドが戻ってくるころだった。クリスマス休暇中はふたりとも仕事から解放されてのんびりする予定だったの」

ロッドとは彼女の夫のことである。

三年半前、つまり彼女が話しているクリスマスイブの半年後に、ロッドはこの家のガレージで散弾銃を発射して自殺を遂げている。当時、友人や近所の人たちは寝耳に水と驚いたものである。アンジェラはもちろん信じられなくて、ただ悲嘆に暮れるばかりだった。ロッドは人づきあいもよく、冗談を言っては人を笑わせるような明るい男だった。彼を自殺に追いこむような問題や暗い影はどこにもなかった。

「クリスマスツリーの飾りつけはその日の午前中に終えていてね。ワインでも開けて、ロウソクの火をともして夕食をとるつもりだったわ。そのあと一緒に『素晴らしきかな、人生!』を見ようと思ってね。わたしたちふたりとも、あの映画が大好きなのよ。お互いへのプレゼントもたくさん用意していたわ。ふたりとも子供っぽいの。贈り物をもらうとすぐはしゃいで……」

そこまで言って、彼女は急に黙りこくった。

おれは勇気を出して目を開けてみた。アンジェラは目を閉じていた。彼女のその苦しそうな表情から判断するに、彼女の脳裏をよぎっていたのは、クリスマスイブではなくてその半年後の六月、夫の死体をガレージで見つけたときのことではなかったろうか。

ロウソクの炎の影がアンジェラのまぶたの上で踊っていた。

アンジェラはやがて目を開け、ブランデーをすすった。だがその目はどこか遠くを見つめていて、うつろだった。

「わたしは幸せいっぱいだった」

アンジェラの話はまだクリスマスあたりを漂っていた。

「クッキーのこうばしい香りに、クリスマスの音楽。姉のボニーからはポインセチアの大きな鉢植えが届いて。そこのカウンターの上に飾ったのよ。まっ赤で生きがよかったわ。わたしは気分が高揚して、あんな幸福感に浸れたのは初めてだった。でも、あれが最後だったのよ……わたしがクッキーバターをベイキングシーツに垂らしているときだったわ。うしろで変な音がしたの。なにか、人の息みたいな妙な音がね。それで、びっくりしてふり向いたの。そうしたら、いたのよ。サルが一匹、このテーブルの上に」

「何なんですか、それは?」

「黄色い目をした赤毛ザルよ。目つきが変で、普通じゃないの」

「赤毛ザル？　サルの種類にくわしいんですか？」

「看護学校に通っていたとき、ＵＣＬＡの研究所でアルバイトをしていたから、少しはくわしいでしょうね。動物実験に使われるのがだいたいこの種類なのよ。研究所では赤毛ザルをたくさん飼っていたわ」

「その一匹が突然このテーブルの上にいた？」

「そうよ。テーブルにはリンゴやミカンを入れたフルーツのボウルを置いておいたんだけど、その大きなサルがミカンのひとつを、皮をむきむき食べていたの。むいた皮を皿の上にきれいに重ねながらね」

「大きなサル？」

おれは訊きなおした。

「あなたはもしかしたら、オルガン弾きの見せ物に使うちっちゃなおサルさんを想像してるんでしょう。赤毛ザルはあんなんじゃないわ」

「どのくらい大きかったんです？」

「身長は六十センチくらい。体重は十キロくらいかしら」

そんな大きさでも、テーブルの上に乗っているやつにいきなり出会ったら、サルは巨大に見えるだろう。

「じゃあ、驚いたでしょう？」

「驚いたなんていうもんじゃなかったわ。怖くて怖くて。あの種類は体のわりに力が強いのを知っていたから。中にはおとなしいのもいるけど、性質の悪いのは本当にやっかいなのよ」

「ペットとしてなんか飼えない種類ですね？」

「ペットなんてとんでもない。頭のおかしな人でもないかぎり、あんなもの飼わないわ。顔があまり赤くなくて、かわいいと思うこともあるんだけど、そのサルはまるでかわいげがなかった」

彼女の頭のなかにその姿が焼きついているようだった。

「そいつはぜんぜんかわいくなんかなかった？」

おれは自問しながらアンジエラに訊いた。

「どこから逃げてきたんでしょう？」

答えるかわりに、アンジエラは身を縮めて首をかしげ、家のなかの物音に耳をすませた。

おれの耳には、おかしな音は聞こえなかった。

当然、彼女の耳にも聞こえなかったはずだ。それでも、口を開いたときのアンジエラは緊張していた。彼女の骨っぽい手がブランデーグラスをわしづかみにしていた。

「サルがどうやって家のなかに入れたのか、わたしはそれが不思議でならなかったの。十二月に暑い日なんてないから、窓が開いていたはずがないのよ」

「そいつが入ってきたような物音は聞かなかったんですか?」

「わたし自身がけっこう音をたてていたでしょ。生地をこねたり、クッキーを焼いたり。ラジオから音楽も聞こえていたし。そいつはたぶん、一、二分前からそこにいたんだと思うの。わたしが気づいたときは、ボウルにあったミカンの半分もたいらげていたから」

なにかの影が目の端をよぎったのか、彼女はおびえた表情でキッチンの中をぐるっと見まわした。

ブランデーで神経をなごませてから、彼女は話をつづけた。

「気持ち悪かったわ。サルがテーブルに乗っているなんて想像もできないでしょ?」

アンジェラは顔をしかめ、あれから四年たったいまでもサルの毛が落ちていないかと心配するかのように、震える手でテーブルの表面をぬぐった。

「それで、どうしたんです?」

おれは先を催促した。

「わたしは後ずさりしながら、キッチンの壁づたいに横歩きし、裏口に手を伸ばして、そこのドアを開けたわ。サルが逃げていってくれると思ってね」

「でも、サルはそこに居すわって、ミカンをむしゃむしゃ食べつづけた？」

おれはその情景を頭に浮かべながら訊いた。

「そうなのよ。サルは開いたドアとわたしの顔を見比べてね、うすら笑いしたの。変な声でね。信じられる？」

「信じます。犬だって笑うんですから。きっとサルだって笑うはずです」

アンジェラは首を横に振った。

「研究所では、サルが笑ったことなんか一度もなかったわ。その生態からして、笑うほど気分を高揚させる動物じゃないのよ」

アンジェラは落ちつかなそうに天井を見上げた。天井には、ロウソクの光のお化けが揺らめいていた。

話のつづきが聞きたくて、おれは言った。

「サルは表に出ようとしなかった？」

アンジェラはおれの質問に答えずに椅子から立ちあがると、裏口のドアのところへ行き、内鍵がかかっているかどうかを確かめた。

「アンジェラ？」

「シーッ」

アンジェラはおれに向かって唇に指をあて、黙るように言ってから、窓のカーテンに顔を近づけた。それから、手を震わせながら、カーテンの端を二センチほど開けて、月夜の中庭をのぞいた。まるで、誰かがこちらをのぞいているのを予期しているかのような彼女の仕草だった。

おれは自分の空のグラスにブランデーを注ぎ足そうとボトルを持ちあげたが、考えなおして注ぐのをやめた。

アンジェラは窓からこちらに向きなおって言った。

「それが単なる笑いじゃなかったのよ、クリス。あんなうす気味悪い声を聞いたのは初めてだった。どういう言葉で説明していいか分からないくらい。人を小バカにしたような、悪意にみちた冷笑だったわ。そんなバカなって、あなたは思っているんでしょ？　動物に機嫌の良し悪しはあっても、善意や悪意の表現などできないと。それが常識よね。でも、これは本当なの。あんな冷たくて、醜くて、いじわるそうな笑いは初めてだったわ。どうせあなたは信じていないでしょうけど」

「いや、信じますよ」

おれは彼女が話すのを励ました。

アンジェラは椅子に戻らずに、流しのところへ行った。流しの上にある窓のカーテンはきっちり閉められていたが、彼女はその閉まりぐあいを確かめるために、黄色い布の両端をひっぱった。

アンジェラは、サルがまだそこにいるかのようにテーブルを凝視しながら言った。

「そいつを窓から追いだそうと、わたしはほうきを取りあげたの。ぶつつもりじゃないのよ。ただ、それでシーシーッと追いはらいたかったの、分かるでしょ?」

「もちろん」

「でも、サルはぜんぜんひるまなかった。そればかりか、急に怒りだして、食べかけのミカンを投げ捨てると、ほうきをわたしの手から取りあげようとしたの。わたしが放さないでいると、サルはほうきに乗り移って、わたしの手に飛びかかってきたわ」

「なんということだ!」

「それはそれはとても素早くて、キーキー鳴きながらつばを吐き、歯をむき出しにしてわたしに襲いかかってきたの。だからわたしはほうきを放したわ。すると、サルは床に落ちて、そのスキにわたしは後ずさりしたんだけど、この冷蔵庫にぶち当たっちゃって」

そう言って、彼女はもう一度冷蔵庫に当たったときの様子を実演してみせた。冷蔵庫のなかのビン類がカチャカチャと音をたてた。

「床のちょうどここよ、クリス。サルはほうきを投げ捨てて、怒りまくってたわ。なんて言っていいか分からないくらい。べつに、わたしはほうきでぶったわけでもないのにね」

「赤毛ザルは基本的にはおとなしい動物だって、さっき言いましたよね？」

「ところが、こいつだけは違っていたの。歯だけでなく、歯茎までむき出しにして、キーキーと叫んでは、わたしに飛びかかってきたのよ。わたしがよけて、サルの手が空振りすると、こちらを憎々しげににらんで、こぶしで床をたたいてね……」

まくりあげていたセーターのそでが下がり、彼女はそのなかに両腕をひっこめた。サルの記憶が生々しすぎるのか、おびえた格好で自分の手の指をかんだ。

「絵本に出てくる魔神そのものだったわ。あの黄銅色の目！」

怒っているサルの様子が目に見えるようだった。

「すると、サルは突然、そこのキャビネットに飛び乗り、あっという間にこっちのカウンターに移ってきたの。そう、ちょうどここよ」

彼女は自分の手でその場所を指し示した。

「冷蔵庫の横、わたしからは三十センチと離れていなかったわ。わたしが顔を向けると、目の高さが同じ位置にあって、にらみ合っちゃった。あの意地悪そうな目！　シュッと息を吐いて、ミカン臭いにおいがして。あまり近くにいたもんだから――」

アンジェラは話を中断して、ふたたび家のなかの物音に耳を傾けた。それから首を左にまわし、暗いままのダイニングルームのほうをのぞいた。

彼女の極端なまでのおびえ方を見ていて、こっちまでおかしくなりそうだった。とくにおれの場合は、夕方からいろいろな目にあってきたから、彼女の恐怖心にたちまち感染してしまった。

おれは座ったまま、身を硬くして、不審な物音はしないか耳をすませた。

天井には、あいかわらず明かりのお化けがうごめき、窓のカーテンが月夜の景色を遮断している。

しばらくしてからアンジェラが言った。

「ミカン臭い息を吐きながら、サルは何度もわたしに歯をむき出してね。わたしは殺されるのかと思った。わたしの四分の一の体重のサルでも、からまれたらかなわないって分かっていたわ。サルが床にでもいるなら蹴とばすこともできたでしょうけど、わたしの顔の真ん前にいたんですから、どうしようもなかった」

そのときの彼女の怖がりようが手にとるように分かった。

「わたしはドアから逃げようとも思った」

彼女は言った。

「でも、そんなことをしたらかえってサルを怒らせると分かっていたから、この冷蔵庫に背中をつけたまま動かなかった。目と目でにらみ合ったままね。しばらくして、わたしがおびえていると分かったのか、サルはカウンターから飛びおり、あっという間にキッチンを横切って裏口のドアを自分で閉めると、またテーブルの上に乗って食べ途中のミカンをむしゃむしゃやりはじめたの」

おれは結局、グラスにブランデーをもう一杯注いだ。

「冷蔵庫の横のこの引き出しにわたしが手を伸ばしたのはそのときよ」

彼女は説明をつづけた。

「包丁のセットがここに入っているの」

下がったそでをまくると、アンジェラは一歩横に動き、かがめた身を伸ばして、包丁が入っていた引き出しをおれに教えた。

「べつに、それでサルをやっつけようとしたわけじゃないのよ。ただ自分を守る武器にしたかっただけ。だけど、わたしの手が包丁に届く前に、サルはテーブルの上で飛びあがって、また騒ぎはじめたの」

アンジェラはおれのほうを見たまま、引き出しの取っ手をまさぐった。

「サルはボウルのなかのリンゴを取りあげると、それをわたしに投げつけたわ。それがわたしの口に命中して、唇が切れちゃったの」

アンジェラは、いままさに襲われているところのように、顔を両手でおおった。

「わたしがこうして手で顔を隠すと、サルは二発、三発とリンゴを投げつけてきてね。ものすごい叫び声をあげたわ。もし水晶がこの部屋のどこかにあったら、あの声で裂けていたんじゃないかしら」

「すると、そのサルは引き出しに何が入っていたのか知っていたわけですか？」

両手を、おおっていた顔から下げてアンジェラは言った。

「何が入っているのか、動物の本能で分かったんでしょうね」

「それであんたは、もう包丁をとりだそうとはしなかった？」

アンジェラは首を横に振った。

「サルの動きは稲妻のように素早いの。そんなことしたら、包丁の柄に触れる前にわたしはかまれていたでしょうね。サルなんかにかまれたくないわ」

「まあ、口の端に泡はためていなくても、狂犬のようなもんですね、それは」

「それが狂犬より悪かったのよ」

アンジェラはそでを再びまくりあげながら、謎めいた言い方をした。

「狂犬より悪かった？」

おれは思わずつぶやいた。

「わたしが口から血を流して、これからどうしようかと思案に暮れながら冷蔵庫の前に立っていたとき、ロッドが仕事から戻ってきたの。口笛を吹きながら、その裏口から、ここで進行中の不気味な場面に踏みこんできたのよ。でも彼は、わたしが期待していたような行動にはぜんぜん移らなかった。びっくりもしていなかったわ。たしかに、サルがここにいることには驚いていたけど、サルそのものに驚いている様子はなかった。ここでサルを見るのが意外だったようだけど、ただそれだけ。わたしの言うことがわかる？」

「ええ、まあ」

「ロッドのやつったらね、そのサルを知っていたのよ。だから、〝サル〟という言葉も使わなかったし、〝どこから逃げてきたんだ〟とも言わなかったわ。ただ、〝なんてこった〟という言葉をくり返しただけ。涼しい夜だったわ。雨の予報も出ていて、彼はトレンチコートを着ていたの。そのポケットからさりげなくピストルをとりだしてね。まるで、こういうことがあるのを予期していたような平静さだったわ。仕事場から帰ってきたところだったから、制服姿のままでね。でもあの人は、司令部でも武器は携帯していないのよ。いまは平和だし、戦闘地域にいたわけではありませんものね。彼はこの町の郊外に駐屯していたんだけど、仕事は書類整理のデスクワークだったの。だから退屈だっていつもこぼしていたわ。体重が増えるばっかりで、定年退官を待つだけだったのよ。その彼が突然ピストルを引き抜いたから、わたしは二重にびっくりしちゃって」

ロデリック・フェリーマン大佐は、ワイバーン基地に駐屯する米国軍人だった。ワイバーン基地はながらくこのあたりの経済を活性化させる機関車の役を果たしてきたのだが、十八か月前にとつぜん閉鎖されることになった。冷戦終了のあおりを受けてだった。数々の先端設備は放置されたままである。

子供のときから世話になっていたから、おれはアンジェラのことはよく知っていたが、その夫についての知識はまるでなかった。フェリーマン大佐が軍でどんな仕事をしていたかなど知る由《よし》もなかった。

アンジェラ自身も夫の仕事についてくわしくは知らなかったのかもしれない。そのクリスマスイブまでは。

「ロッドは腕をまっすぐに伸ばして、右手に持ったピストルの銃口をサルの間近に突きつけてね。わたしがはじめて見るような怖い顔をしていたわ。唇を真一文字にむすんで、むしろわたしよりも緊張しているみたいだった。そのときの彼ったら、血の気をなくして、骸骨みたいに見えたわ。わたしの唇やほほが血だらけなのを見ても、その理由を訊かずにサルをにらみつづけていたわ。目を離したら大変なことになるといった雰囲気だったの。サルは最後のミカンをにぎりしめたまま、銃口を憎々しげににらみ返していた。そのままの格好で、ロッドがわたしに言ったの〝アンジー、これから言う番号に急いで電話してくれ〟って」

「その番号をいまでも覚えていますか？」

おれが訊くと、アンジェラは首を横に振った。

「覚えていても忘れても同じことよ。もうその番号は使われてないの。最初の三桁が彼の基地の番号と同じだったから、場所はだいたい見当がついたわ」

「ワイバーン基地に電話したんですね？」

「そうよ。でも変なの。電話に出た男性は、ただ〃ハロー〃と言うだけで基地名も部署名も言わないのよ。わたしがフェリーマン大佐の電話だと言ったところで、夫が左手で受話器をとり、相手にこう言ったわ〃ここにいたぞ――うちのキッチンだ――そんなことは知らん――とにかく、ここにいたからもう大丈夫だ――つかまえるから手伝いに来てくれ〃ってね。そう言っているあいだ、ロッドはサルから一度も目と銃口を離さなかったわ」

「そのあいだサルはどんな様子だったんですか？」

「ロッドが電話を切ると、サルは視線を銃口からロッドの顔に移し、挑発するようにあのうす気味悪い笑い声を発したの。ああ、あれを思いだすと身の毛がよだつ！　それからサルは、ロッドやわたしや銃口を無視して、ミカンの残りをむしゃむしゃ食べはじめてね」

さっき注いだまま口をつけなかったブランデーグラスをおれが取りあげると、アンジェラがテーブルのところに戻ってきて、彼女のグラスを取りあげた。そして、それをおれのグラスにカチンと合わせた。おれは変に思って訊いた。

「これは何に対する乾杯なんですか？」

「世界の終わりに対してよ」

「世の中なんてクソ食らえ、というわけですね？」

「そんなのんびりしたことを言ってる場合じゃないのよ」

アンジェラは大まじめだった。

彼女の目の色は、マーシー病院の古ぼけたステンレスの引き出しのようだった。その目でアンジェラはおれの顔をまっすぐに見つめてから、視線をブランデーグラスに移した。

「ロッドは電話を置いてから、わたしに何があったのか話せって言うの。だから話すと、何百もの質問を矢継ぎ早に浴びせてきたわ。唇からなぜ血が出ているのかとか、サルに触れたかとか、かみつかれなかったかとか、彼は妙なことにこだわって訊くのよ。そして、わたしの質問には何も答えてくれないの。ただこう言っただけ〝アンジー、おまえは知らないほうがいい〟って。もちろんわたしは知りたかったわ。でも、彼の立場を理解したの」

「軍事機密というやつですね？」

「夫が国防に関する難しいプロジェクトに参加していたのは知っていたわ。でも、そこからはもう離れたものと思っていたんだけど」

アンジェラはグラスを見つめたまま続けた。

「この件は絶対に話せないって、ロッドは言うの。わたしにも、ほかの誰にも。いっさいが重要機密なんだって」

おれはブランデーをひと口すすった。なぜか、さっきよりまずく感じた。まずいというよりも、舌に苦かった。それで思いだした。アプリコットの種はシアン化合物の原料にもなるのだと。

〝世界の終わりに乾杯〟だなんて。おれの気持ちは自然に暗くなった。だから、なかばやけっぱちでブランデーを口のなかに注ぎ、おいしいじゃないかと自分に言い聞かせた。アンジェラが言った。

「十五分もしないうちに強そうな男たちが三人駆けつけてきたわ。きっとワイバーン基地から、目先をごまかすために、救急車か何かで来たんでしょう。騒ぎをごまかすためにね。サイレンは鳴らしていなかったわ。全員が私服だった。うち、ふたりは裏口からノックもせずにキッチンに入ってきたの。もうひとりはカギをどうにかして表玄関から入ってきたんでしょうね。ほかのふたりが裏口からやってくると同時に、表に通じる廊下からダイニングルームに入ってきたんですから。そのときロッドは銃口をまだサルに向けていて、疲れていたんでしょう、手は震えていたわ。やってきた三人とも、矢じりに麻酔薬の塗ってある弓を持っていてね」

おれは窓の向こう側の外灯に照らされた表の通りを思いうかべた。この家のチャーミングな建築と、それに調和している二本のモクレンの木。ジャスミンの枝葉が垂れさがる格子に編まれた棚。その夜、この家の前を通った人たちの誰が、普通の漆喰《しっくい》の壁の内側でそんな奇妙なドラマが繰り広げられていると推測しえただろう。

「サルは覚悟を決めているようだったわ」

アンジェラはそのときの様子を説明した。

「逃げようともしなかったし、三人の男たちにはまるで関心がなさそうだった。ひとりが矢を放つと、サルは歯をむき出し、鼻息を荒らげて怒ったけど、矢を体から抜こうとはしなかった。手ににぎったミカンをぽろりと落とし、口に入っていた分を飲みこもうと苦しそうにしていたわ。それから、テーブルの上で体を丸め、ため息をついて睡眠状態に入っていったの。三人がサルを連れて帰り、ロッドも彼らと一緒に行ったわ。わたしがサルを目にしたのはそれが最後。ロッドは次の朝、三時になるまで戻ってこなかった。クリスマスイブは終わってしまい、わたしたちが贈り物を交換するチャンスはなくなってしまった。プレゼントは次の日の夜に交換しあったけど、それ以来わたしたちの関係はギクシャクして、もう二度と元に戻らなかった。先に行ってもダメだろうとわたしには分かっていた」

アンジェラはようやく飲み残しのブランデーグラスをテーブルに置いた。置き方が乱暴だったので、銃声のような音がした。

彼女のここまでの話は、恐れとやるせなさを語るものだった。そのどちらも心の奥深いところからくるのだろう。このあとで彼女が表わす怒りも、体の奥底から湧いてくるようだった。

「あのクリスマスの日から、わたしはあの連中に血液のサンプルを取られつづけなければならなくなったの」

「誰にですか?」

「ワイバーン基地のプロジェクトの連中によ」

「プロジェクト?」

「あれ以来、毎月よ。あいつらの研究のために、わたしの体はまるで自分の体じゃないみたい。生きていくための家賃を血で支払っているようなものだわ」

「ワイバーン基地は一年半前に閉鎖されたんじゃないんですか?」

「すべてが閉鎖されたわけじゃないわ。殺そうと思っても殺せなかった部分があるのよ」

幽霊寸前にまでやせていても、アンジェラはそれなりに美人である。陶器のような肌、優雅なひたい、高いほほ骨、彫刻されたような鼻、細面すぎる顔を修正する豊かな唇、それが描く惜しげない笑み——こうした特徴が彼女の私心なさと相まって、やせすぎで生命力のなさそうな彼女を十人なみ以上の美人に見せている。だが、いまの彼女の顔は厳しそうで、冷たそうで、醜い。その輪郭が怒りで引きつっている。

「わたしが毎月の採血を断わったら、あの連中はわたしを殺すわ。わたしには分かるの。それとも、わたしのことを四六時中監視できる病院にでも閉じこめるんでしょう」

「なんのための採血なんですか？　その連中は何を恐れているんです？」

アンジエラは話しそうになったが、すぐ唇を閉じてしまった。

「アンジエラ？」

おれも毎月クリーブランド医師に採血される。採血作業をアンジエラがすることもよくある。だが、おれの場合は、血中の化学変化を調べて目や皮膚のガンを早期に発見するためである。それに、おれの採血は痛みをともなわない。それでも、おれは採血が嫌でたまらない。自分のためだと分かっていてもこうなのだから、わけの分からない強制的な採血に彼女が怒るのもよく分かった。アンジエラは言った。

「これはあなたに話さないほうがいいのかもしれない――たとえあなたが自分を守るために知る必要があったとしてもよ。これを話すことはね、導火線に火をつけるようなものよ。いずれ大爆発が起きるわ」

「そのサルが伝染病でも持っていたんですか？」

「伝染病だったらよかったわ。そうじゃない？　いまごろわたしは治っているか、死んでいるかのどちらかだもの。これからあなたに話すことに比べたら、死んだほうがましなくらいよ」

アンジェラはそう言うと、ブランデーグラスをいきなり取りあげ、それを固くにぎりしめた。どこかに投げつけるのかと、おれは思った。

「あのときわたしはサルに噛まれなかったし、引っかかれも、さわられもしなかったわ。それは神に誓って本当なのよ。でも、連中はわたしの言葉をいっさい信用しないの。ロッドだって信用してくれたのかどうか疑わしい。わたしの必死の説明も聞かずに連中は、ロッドも一緒よ、わたしの子宮を洗浄したの、強制的に。子供ができているといけないって」

彼女の目にたまった涙が、赤い容器のなかのロウソクの先のように、こぼれそうでこぼれていなかった。

「あのときわたしは四十五歳だった」

アンジェラは続けた。

「どうせ子供のできない体だった。ずいぶん努力したのよ。不妊症専門の医者に相談したり、夫婦関係のセラピストにも診てもらったわ。でも、何をやってもダメだったの」

アンジェラの悲しそうな声につられて、おれは椅子に座ったままではいられなくなってきた。立って彼女を抱きしめてやらなければと思った。今夜はおれが看護夫役をやる番だと。

怒りで声を震わせながら、彼女は言った。

「それなのにあいつらは、わたしに手術をしたのよ。永遠に取り返しのつかない手術をね。卵管を縛ればいいものを、卵巣を切り落としちゃったの。わたしのすべての希望を奪ってくれたわ」

声は裏返っていたが、アンジェラは自分を失っていなかった。

「わたしはすでに四十五歳だったから、子作りはあきらめていたようなものだったけど……子宮を取ってしまうなんて……その屈辱感が耐えられない。しかもあいつらは、なぜそうしたのか理由さえ言わないのよ。もちろん、手術をする前の説明もなかった」

アンジェラはそのときのことを説明した。

「クリスマスの次の日、わたしはロッドに連れられて基地へ行ったわ。サルのことでいろいろ訊かれるのかと思ってとくに心配もせずにね。あのときの夫の態度が、わたし、いまでも分からない。基地の人間さえ知らないその場所に連れていかれてね。わたしは説明もされず、承諾を求められることもなく、そこでいきなり手術をされてしまったの。終わってからでもなんの説明もなし」

おれは椅子をうしろに押して立ちあがった。肩はこり、足はふらふらだった。これほど重い話を聞かされるとは思ってもみなかった。

彼女をなぐさめてやりたかったが、おれはアンジェラに近づけなかった。アンジェラの手はまだブランデーグラスをしっかり握っていたし、逆巻く怒りが彼女の美形の顔をぎらつくナイフの束に見せていた。こんなときは人にさわられるのも近づかれるのも嫌だろう。

立ちあがってから、おれはどうしていいか分からず、周囲をキョロキョロした。その数秒間が永遠のように長かった。そのあとおれは、裏口のところへ行き、内鍵がかかっているかどうかを確かめた。

「ロッドがわたしを愛していたのは分かっているわ」

彼女の口から怒りの調子は消えていなかった。

「そのことで彼は参ったようよ。連中に協力して、わたしに手術をさせたことで、そうとう悩んでいたわ。それ以来、彼はすっかり変わってしまって」

ふり向いて見ると、彼女は握ったこぶしを振りあげていた。彼女の顔のナイフの刃はロウソクで磨かれ、ピカピカだった。

「ロッドとわたしが仲のいいことを知った彼の上司たちは、いずれロッドがわたしに秘密を明かすとにらんだんでしょうね」

「ご主人は結局、あなたに話したんでしょ？」

「ええ。だからわたしは彼を許したわ。わたしにしたことを心から許してあげたの。それでも彼は絶望感にさいなまれていて、わたしにはそれを救ってやる手立てがなかった。夫の恐怖感、絶望感は尋常なものではなかったのよ」

彼女の怒りの声が、悲しみと同情の響きをおびた。

「おびえがひどくて何も楽しめなくなり、ロッドはついに自殺してしまった……彼が死んだとき、わたしの生殖器官はすべて切りとられていて何も残っていなかった」

アンジェラは振りあげていたこぶしを下げ、手のひらをほどいた。それから、ブランデーグラスをしばらく見つめていたが、やがてそれをテーブルの上に戻した。

「アンジェラ。そのサルにどんな意味があったんですか？」

彼女は答えなかった。

ロウソクの炎が彼女の瞳のなかで踊っていた。深刻そうにしているその顔は、亡き女神をまつる石の神殿のように荘厳だった。

おれは質問をくりかえした。

「そのサルのどこに問題があったんですか？」

アンジェラはようやく口を開いた。しかし、その声はささやくように小さかった。

「それが、サルじゃなかったのよ」

聞き違えるはずはなかった。なのに、彼女の言っていることは意味をなさなかった。

「サルじゃなかったって？　でも、サルだって言ってたじゃないですか」

「サルに見えただけ」

「見えた?」

「だから、もちろんサルよ」

おれは何も言えなくなった。

「サルだけど、サルじゃないの」

彼女はささやいた。

「問題なのはそこよ」

おれはそのときに思った。アンジェラは気がふれたのかと。作り話か、考えすぎだろうとしか思えなかった。はたして、彼女は現実と空想の区別がつかなくなってしまったのだろうか。

ロウソクから離した彼女の視線がおれの目と合った。彼女はさっきのようには醜くなかったが、いつものような美人でもなくなっていた。

「あなたに電話したのは間違いだったのかもしれない。あなたのお父さんが亡くなって、わたし、ちょっと感傷的になっていたんだわ。先のことが考えられなくて——」

「自分を守るために知る必要があるって、あなたが言ってたじゃないですか」

アンジェラはうなずいた。

「そうよ、そのとおりよ。あなたは知っていたほうがいいわ。それでなくとも、あなたの命は細い糸の先にぶらさがっているんですから。敵が誰だか知っておく必要があるわ」

おれは握手の手をさしのべたが、彼女は応じなかった。

「アンジェラ、お願いだ」

おれは訴えた。

「おやじと母さんに何があったんですか？　それだけはどうしても知りたい」

「おふたりとも亡くなったのよ。わたしもおふたりのことは好きでした。友達として愛していたわ、クリス。でも、亡くなられてしまったのよ」

「それは分かってますよ。でも、おれが知りたいのは真相です」

「もし、その件で誰かに償《つぐな》わせようと思うなら……それはむりだと思ったほうがいいわね。あなたが一生をかけてもできないことよ。あなただけじゃなく、誰にもできない。事実がどうあろうと、償わせることはむり。あなたがどんなにがんばってもダメ」

おれはいつの間にかこぶしを握り、それをテーブルの上に突きだしていた。しばらくしてからおれは言った。

「やってみなけりゃ、分かりませんよ」

「わたしは、今日かぎりでマーシー病院を辞めたの」

この悲しいニュースを口にすると、彼女は急に小さく見えだした。動けなくなった母親にアイスティーや薬を持って行ってやった幼い日のアンジェラに戻ったかのように。

「だから、わたしはもうナースではないのよ」

「これからどうするんですか?」

彼女は答えなかった。

「看護婦は天職だったんでしょ?」

おれは彼女の話を思いだして言った。

「もう、そんなことどうでもいいの……戦場で負傷兵に包帯を巻くのは崇高な仕事だわ。でも、アルマゲドンの最中に包帯を持って走りまわるのは愚かよ。それに、わたしもなるの。このわたしがよ。分かるでしょ、わたしの言う意味が?」

おれは彼女の言う意味がとんと分からなかった。

「わたしはいずれ、別のわたしになるのよ。別のアンジェラに。わたしの知らない誰かに。わたしが考えたくもない何かに」

彼女の黙示的な話をどう解釈すべきなのか、おれはまだ分からなかった。ワイバーン基地の秘密に対して、彼女は冷静に反応しているのだろうか? それとも、夫に先立たれたことをはかなんで、少しおかしくなってしまっているのか? 彼女は言った。

「もしどうしても知りたいと言うなら、これだけは分かっていて。知ったあとでも自分にできることは何もないって、ただ黙って見ているしかないのよ。お酒でも飲んで、楽しめるものがあったら楽しんで、それが終わるのを待つしかないの」

「でも、やはりおれは知りたい」

「だったら、いいでしょう。話すわ」

はっきりそう言ったものの、アンジェラは目に見えてためらっていた。

「でもね……ああ、クリス……あなたを苦しめることになるわ」

悲しみが彼女の前置きを長びかせた。

「あなたは知るべきだとは思うんだけど……でもやはり、苦しむことになるわ。とってもよ」

椅子から離れ、キッチンを横切る彼女のうしろにおれは続いた。

アンジェラはおれを止めた。

「資料を出すために、明かりをつけなきゃいけないの。すべてを持ってわたしが戻ってくるまで、あなたはここで待っていたほうがいいわ」

彼女が暗いダイニングルームに消えていくのをおれは見送った。居間に入った彼女は照明をひとつだけつけた。そこから彼女の姿は消えた。

おれはそこに閉じこめられたように、キッチンのなかを右に行ったり左に行ったり歩きまわった。同時に、頭のなかも回転していた。

〈〝サルでありながら、サルでない〟〉

問題は、この同時性のなかにある。ウサギの穴に落ちたアリスの不思議な世界でもなければ、説明のつかない話だ。

おれは裏口の内鍵をもう一度調べた。ちゃんと施錠されていた。カーテンの端を引いて、外の様子もうかがった。オーソンの姿はここからは見えなかった。風がふたたび吹きはじめていて、枝葉が揺れてやかましかった。

雲が流れていた。太平洋から新しい天気がやって来るらしかった。風が強まるにつれ、ちぎれた雲が月の面を通過するたびに、暗い夜景に銀色の波が走っていた。しかし、実際に走っているのは雲の黒い影であり、明かりが動くように見えるのは単なる幻想である。それでもやはり、裏庭は冬の川のようだった。流れる水の上に張った氷がにぶい光を放っていた。

家の奥のほうから叫び声が聞こえたような気がした。叫びは短くて、すぐ消えてしまった。言葉にもなっていなかった。アンジェラ自身の嘆きかもしれなかった。

第十三章

叫びとは言えないような、短くて、うつろな声だった。裏庭の月光の動きと同じように、おれの幻想だったのかもしれない。何かの残響が、おれの心の空白にこだましたのだろう。例のサル同様〝であり、でない〟ような謎の叫びだった。

カーテンがおれの指のあいだからすり抜け、窓ガラスを音もなくおおったその瞬間、「ドシン」というくぐもった音が部屋のどこかでして、周囲の壁をかすかに震わせた。

二度めの叫びは、最初のよりもうつろだった。だが、痛みと恐怖をもらすうめきであることに疑いの余地はなかった。

アンジェラが踏み台から落ちたか、ひざを痛めたのかもしれなかった。それとも、軒先を、突風か小鳥でも通りぬけていったのか。いやいや、月はチーズでできていて、空は高純度のチョコレート、そこに散りばめられた星は砂糖なのだろう。

「アンジェラ！」

おれは声を出してアンジェラを呼んでみた。が、彼女から返事はなかった。おれの声が届かないほどの大きな家ではなかった。答えがないのは不吉だった。

〈クソッ！〉

おれは無言で毒づいた。そして、ジャケットのポケットからグロック17をとりだし、それをロウソクの明かりで照らしてみた。おれが探したかったのは、安全装置の解除ボタンだった。

必死になって探したが、ボタンはひとつしかなかった。それだろうと思って押してみると、銃口の下部の穴から強い光が出て、冷蔵庫のドアに赤い光の点を映した。

めずらしいほど温厚な人物であり、文学の教授であるおやじが、使いやすい武器を求めてレーザー照準つきの拳銃を購入していたとは。なんと思いやりのあるおやじなんだ。

拳銃についてのおれの知識はたかが知れたものだが、最新式の拳銃には安全装置が内蔵されたものがあるのを知っている。そういう拳銃の場合、引き金を一度ひくと自動的に安全装置が解除され、発砲後にはふたたび安全装置が作動する。この拳銃もその手のものかもしれなかった。もしそうでないなら、殺人者と向きあっても発砲できないことになる。それとも、あわてふためいてボタンを探して、自分の足を撃つことになるか。

たとえ、おれがこの仕事に不慣れであっても、これをやり遂げられる人間はおれしかいない。逃げだすのも一法だ。そこのドアから出て、自転車に乗って突っ走ればいい。そして、どこからか、名を名のらずに警察に通報するんだ。しかし、そんなことをしたら、以後、おれは鏡の前に立ったとき、自分の顔が見られなくなる。オーソンにすら目を合わせられなくなる。

おれの手の震え方が気に入らなかった。だが、深呼吸や瞑想などしているゆとりはなかった。キッチンから開いたままの居間のドアをくぐるとき、ピストルをポケットに戻して、冷蔵庫の横の引き出しから包丁をとりだして持っていこうかと思った。サルの話をしたときアンジェラが教えてくれた包丁入れの引き出しから。

迷いは禁物である。銃も不慣れだが、それ以上におれは刃物に不慣れだった。

包丁で他人を切るとか刺すとかするには、相当の野蛮さが必要だ。それに比べれば、引き金をひくのは、ドライでイージーである。自分なり、アンジェラなりが命の危険にさらされた場合、引き金をひくだけならできそうだ。やるかやられるかの取っ組み合いのなかで包丁を使うのはいまいち――。

十三歳のガキのときは平気で焼き場の窓をのぞけたおれなのに、大人になったいま、霊安室で見た死体交換ショーに震えがまだ止まらない。

ダイニングルームを横切りながら、おれはアンジェラの名をもう一度呼んだ。返事はいぜんとしてなかった。

おれはアンジェラの名をそれ以上は呼ばなかった。侵入者が万一家のなかに本当にいたら、アンジェラの名を呼ぶたびに、自分の位置を敵に教えるようなものだからだ。

居間でおれは照明を消さなかった。そのかわり、顔を隠して大股で歩いた。

天井から降りそそぐ照明の雨に目を細めながら、おれは、ドアが開けっぱなしの書斎に目をやった。そこにも人の影はなかった。

化粧室のドアが半開きになっていた。おれはそれを押して、全開にした。ライトをつけなくても、誰もいないことがすぐに分かった。

キッチンに帽子を置いてきてしまったため、おれは裸で放射能を浴びているような感じがしていた。天井のライトを消すと、周囲が慈悲の暗闇につつまれた。

おれは、かすかに見える階段の踊り場を見上げた。階段のその先は暗くて見えなかった。見たところ、二階に明かりはついていないようだった。おれには好都合だ。闇に慣れたおれの目には、暗さはだんぜん有利なのである。

携帯電話が腰のベルトに差しこんである。階段をのぼるとき、それで警察に通報しようかとも思った。

だが、考えなおした。夕方、約束した時間に行かなかったおれをスティーブンスン署長は捜しまくっているだろう。だとしたら、おれが警察に電話しても、つながるのは署長のところに決まっている。真珠のイヤリングの男も顔を突っこんでくるだろう。

マニュエル・ラミレス巡査に頼んでも役に立ちそうにない。今夜の彼は、夕方からの勤務だから、署にへばりついていなければならないのだ。ほかの巡査に頼んでも安全だとは思えない。もしかしたら、ムーンライト・ベイの警察でこの陰謀に加わっているのは署長ひとりではあるまい。ふたりのこれまでのつき合いにもかかわらず、マニュエルさえも信頼できなくなっている。少なくとも、状況をもっと知るまではそうだ。

階段をのぼりながら、おれは両手でグロック17をかまえ、人の動きがあったらすぐレーザー光線照準のボタンを押せるよう用意した。

そのときおれは自分に言い聞かせた。ヒーローになりたいなら、まかり間違ってもアンジェラを撃ってはならないと。

踊り場で向きを変え、上を見ると、二階は下よりも暗かった。居間の明かりもここまでは届いていない。おれは音をたてずに早足で階段をのぼった。

心臓はドキドキと鳴っていた。だが、決して恐怖に追いこまれたときの早鐘ではない。それを知って、おれは自分に驚いた。鼓動はむしろ心地よい高鳴りだった。さし迫った暴力ざたに自分が適応できるとは今の今まで思わなかった。つい昨日も、こういうことは自分に不向きだと考えたばかりだった。ところが、いまのおれは、事あれかしと、心の奥で危険を待ち望んでいる。

二階の廊下沿いにドアが四つあった。手前の三つは閉まっていたが、四番めの、つまり階段からいちばん遠いドアは半開きになっていた。そのすき間からやわらかな明かりがもれていた。手前の三つの部屋に誰もいないことを確認せずに四番めのドアへ直行するのは気が進まなかった。もしかしたら、敵に背を向けることになるからだ。

暗い部屋の捜索は、左手に持ったペンライトひとつあればできる。だが、これはあまりいい考えではないかもしれない。時間もかかるし、だいいち危険だ。部屋に足を踏み入れるたびに、ペンライトを持ったおれは自分の位置を敵に知らせることになる。それに、いざというときは、おれのほうはレーザー光線を合わせるわけだから、一歩も二歩も出遅れる。

戦いを有利に進めるには、相手をこちらの土俵に引きこむのがいちばんである。つまり、暗闇にまぎれて事を運ぶのがいい。おれは廊下の左右に目を配りながら、カニ歩きで進んだ。おれも音をたてなかったが、家のどこからも物音は聞こえてこなかった。

二番めのドアは取っ手をさわっただけで開いた。ペンライトを照らしてみたが、奥まではよく見えなかった。おれはピストルの握りでドアを内側に押し開けた。

そこはどうやら主寝室らしかった。居心地のよさそうな部屋だった。ベッドは寝る用意ができていて、安楽椅子のひとつの腕のせには明るい色のアフガンじゅうたんがかかっていた。足のせの上には、閉じられた新聞が置かれ、化粧テーブルの上にはアンティークの香水ビンがたくさん並んでいた。

ナイトスタンドのランプのひとつが薄明かりをともしていた。電球のワット数は小さく、プリーツの入った笠の繊維がその光を完全におおっていた。

アンジェラの姿はどこにも見あたらなかった。

クローゼットのドアが開けっぱなしになっていた。たぶん、アンジェラはここから何かを取りだしたのだろう。だがいまは、吊るされている衣服と靴の箱しか見えない。

部屋についているバスルームのドアも半開きになっていた。バスルームの中はまっ暗だった。もしこの中に敵がひそんでいたら、おれは飛んで火に入る夏の虫だろう。

グロックの銃口を、ドアとドア枠のあいだの暗いすきまに合わせたまま、おれは壁づたいにバスルームのドアに少しずつ近づいていった。押してみると、ドアは抵抗なく開いた。

おれがその敷居をまたがなかったのは異臭からだった。

ナイトスタンドの明かりはそこまで届いていなかったので、おれはポケットからペンライトを取りだしてつけた。細い光線が白いタイルの上の血の海を映しだした。周囲の壁にも鮮血が飛び散っていた。

アンジェラ・フェリーマンは床に倒れていた。のけぞった顔がトイレの便器の上にのっていた。目は大きく開かれ、おれが前に海岸で見たことのある死んだカモメと同じ色をしていた。ひと目見ただけだったが、彼女はなまくらなナイフでのどをくり返しかき切られているように見えた。

おれには近くで見ることも、長く見つづけることもできなかった。

悪臭は鮮血からのものだけではなかった。死にぎわに彼女は失禁していた。おれは悪臭で包まれた。

バスルームの窓は限度いっぱいに開けられていた。この窓はよくあるバスルーム用の小さな窓ではなく、なんとか人が出入りできそうな、比較的大きな窓である。犯人はここから逃げたのかもしれない。いずれにしても、返り血を相当浴びているはずだ。

アンジェラが窓を開けっぱなしにしておいたのだろうか？　もし窓の下に一階の屋根が来ていたら、犯人は簡単に進入できただろう。

オーソンは吠えなかった。だが、この窓は家の前方にあり、オーソンは裏庭につながれていたのだから、気づかなかったのかもしれない。

床にだらりと投げだされたアンジェラの手はほとんどカーディガンのそでに隠れていた。いかにも無邪気そうな彼女は十二歳くらいに見えた。

他人のために尽くすことに一生をささげてきたアンジェラが、彼女の私欲のなさや公正さなどに関心のないどこかの誰かに、そのあたら命を無残な方法で奪われてしまった。

おれはガタガタと震える体をコントロールできないまま、アンジェラに背を向け、バスルームを出た。

何かさぐろうと思っておれからアンジェラに近づいたわけではない。こんな悲惨な結末に彼女を導いたのもおれではない。おれを呼んだのは彼女のほうだった。彼女は携帯電話を使ったにもかかわらず、誰かに盗聴されて、その誰かが急いで彼女を始末しなければならないと判断したのだろう。この、顔のない陰謀者たちは、彼女の死の原因が、彼女の絶望状態とそれから来る口の軽さにあると決めつけてはばからないのだ。

アンジェラは今日を最後に病院を辞めた。生きつづける理由がないと彼女は感じていた。それが何なのか、おれ自身はっきり分かっていたわけではないが、彼女は〝何かになる〟ことを非常に恐れていた。

いずれにしても、彼女は失うもののない女だった。連中にとってはそれが怖かったのだろう。もし、おれがあのとき電話に応答していなくても、彼女はきっと殺されていたにちがいない。

にもかかわらず、おれは〝罪の意識〟という冷たい奔流の中でおぼれそうだった。

そのあとにやってきたのは吐き気だった。ぬるぬるした太いうなぎがおれの胃袋からはいあがり、のどから口に出かかったが、おれは「ゴクリ」とうなぎをのみ込んだ。

この場からすぐ離れるのがいちばん正しい判断だった。だが、おれの体は動かなかった。恐怖と、罪の意識の重みで、おれはなかば押しつぶされていた。

銃を持った右手は重りをつけた糸のようにだらりと下がり、左手ににぎられたペンライトが壁に単調な波模様をえがいていた。

おれは頭が正常に働かなかった。おれの思考はヘドロのなかで揺れる海藻のようにどんよりしていた。

そのとき、すぐそばのナイトスタンドの上の電話が鳴った。

おれは電話から身を離した。奇妙な考えがおれの頭のなかを支配した。電話をかけてきたのは、おれの留守番電話に息づかいのメッセージを残していった正体不明の男で、ここで、もし、おれがいま受話器をとったら、おれの命のエッセンスを吸いとられてしまうのではと。それに、あの低い不気味なハミングはもう二度と聞きたくなかった。

電話のベルがようやく鳴りおわったとき、おれの思考力は、やかましいベルの音に覚まされてだいぶ回復していた。おれはペンライトを消し、ポケットにしまった。手にぶら下げていた拳銃を腰の位置に持ってきてかまえた。そのときになって初めて、二階の廊下の照明を誰かがつけたのに気づいた。

窓が開いていたり、窓枠に血がついていたりしたから、犯人はすでに逃げてしまい、いま家にいるのはおれとアンジェラの遺体だけかと思った。が、それは間違いだった。

殺人者が主寝室のバスルームの窓から逃げたとはやはり考えられない。もしそうなら、そこにたどり着くまでの床に血が垂れていなければならない。クリーム色のカーペットだから、よく目立つはずだ。

〈侵入者は階段の手前でおれを待ちかまえている！〉

犯人がいったん逃げてから、気を変えて戻ってきたとしたら――目撃者を放っておけないと気づいておれを殺《や》るために戻ってきていたら、そいつが自分の存在をわざと分からせるために廊下の照明をつけたのだろう。おれを怖がらせたほうがおもしろいとでも思ったのか。

おれは光が入らないよう、目を細め、用心しながらそろそろと廊下に出た。廊下には誰もいなかった。

おれが通りすぎたときは閉まっていた三つのドアがぜんぶ開け放たれていた。各部屋からもれる明かりがまぶしかった。

第十四章

血が傷口から噴きだすように、沈黙が家の底から二階の廊下にまでわき上がってきた。

「ヒューッ」と鳴る音が沈黙をやぶった。音は、しかし、家の外からやって来たように聞こえた。軒下を吹きぬける突風の音かもしれなかった。

戦いの妙な幕開けだった。おれの知らないルールで進められる戦いだ。敵の正体すら分からないのだ。おれは最初から気合い負けしていた。

壁のスイッチを下ろすと、廊下が暗くなった。それで、三つの部屋からもれる明かりがさらに強く感じられた。

おれは頭を低くして、そこから階段まで一気に駆けだしたかった。だが今度は、三つの部屋に背を向けて逃げてはいけない、と直感がおれに命じた。そんなことをしたら、うしろからのどをかき切られて、アンジェラと同じ運命をたどるだろう、と。

おれに生き長らえるチャンスがあるとすれば、それは、ここでじっと音をたてないでいることだ。頭を使うんだ。ひとつひとつのドアには細心の注意を払って近づくのだ。一歩一歩、そっと進むこと。背後に対する注意を一瞬たりと怠ってはいけない。

おれは今度は目を見開き、物音はしないかと廊下の先に耳を傾けた。何も聞こえなかったので、主寝室の向かいの部屋のドア口まで進んだ。部屋には入らずに、目を手でおおいながら暗がりにとどまった。

その部屋は、もしアンジェラに息子なり娘なりができたら、子供部屋になるはずだった。ところがいま、そこには、引き出しのたくさんついた工具キャビネットや、背もたれのついたスツールや、L字型につなげた作業テーブルが置かれている。ここで彼女は人形作りの趣味に精を出していた。

廊下をもう一度ふり返ったが、誰もいなかった。

〈少しずつでも移動するんだ。簡単に仕留められるような愚はおかすな〉

おれは作業室のドアを大きく開けた。誰も隠れていなかった。

明るい部屋のなかに体半分だけ入った。廊下にも注意を怠らないためだ。

人形作りのアンジエラの趣味が相当の域に達していたことは、奥の陳列棚に並べられた三十もの人形を見れば分かる。ひとつひとつの人形のコスチュームに想像力の豊かさが表われていた。どれも、アンジエラ自身が丹精こめて縫ったものだ——カウボーイにカウガール、セーラースーツ、パーティードレス、ペチコート……しかし、彼女の人形作りの真価は、人形たちの顔にある。彫りもていねいだが、その腕前には天賦の才が感じられる。彫った陶土を彼女はガレージの窯で焼く。素焼きのものもあるし、光沢仕上げのものもある。そのどれにも繊細な筆が入れられ、顔の表情はまるで生きているようだ。

アンジエラは、作った人形を売ることもあったが、多くはタダであげてしまっていた。棚に飾られているものは、惜しくて手放せなかったものばかりだ。サイコパス的殺人者がナイフをぎらつかせて近づいているこの瞬間でさえ、おれは人形の顔のユニークさに気づくことができた。単に人形を作っていたというより、おそらくアンジエラは、自分の子宮では産めなくなってしまった子供たちの理想の顔を彫っていたのではないか。

おれは天井の照明を消した。明かりは作業台の上のランプだけになった。とつぜん移動する影の動きで、棚の人形たちがいまにも飛びおりそうに見えた。

おれは尻の底からゾクゾクとなった。

もう一度廊下に出て、ピストルの銃口を左右に向けた。しかし、いぜんとして人影はなかった。

次のドアの内側はバスルームだった。ガラスや鏡や黄色いタイルに反射する光に目を細めながら、四すみを見まわしても、待ちかまえている人間はいなかった。

バスルームの照明を消そうとスイッチに手を伸ばしたとき、背後で何か音がした。いま入ってきたばかりの主寝室からだった。軽く木をたたくような音だった。おれの目の端が何かの動きをとらえた。

おれはとっさに向きなおり、両手でかまえた銃を音のした方角に向けた。映画で見たスタローン、シュワルツェネッガー、イーストウッドの動きがおれの体に乗り移っていた。彼らもしょせんは芝居しているのだということも忘れて、おれは連中の流儀で射撃態勢をとった。狂気の目をぎらつかせた大男がナイフをかざして現われるのを恐れおののきながら待った。だが、廊下にいたのはおれひとりだった。

さっきおれの目がとらえたのは、主寝室のドアが何者かに押されて閉められる動きだった。

ドアとドア枠のあいだのせばまる明かりのなかに人影が見えたような気がした。ドアはバタンという音と同時に、完全に閉じられた。

おれがさっきあの部屋をのぞいたときは誰もいなかった。おれとすれ違いに誰かが入ったとは考えづらい。いま犯人がそこにいるのだとしたら、バスルームの窓から再侵入したにちがいない。おれがアンジェラの死体を発見したとき、おそらく犯人は窓の下のポーチの屋根に隠れていたのだろう。

だとしたら、二階の廊下の電気をつけたのは誰だ。そいつがスイッチを入れる直前に部屋に戻ることは、タイミング的にありえない。ということは、侵入者がふたりいることになる。おれははさみ撃ちされているのだ！

前へ進むべきか、それとも下がったほうがいいのか？　どちらを行くにしても怖さは同じだった。とくにおれの靴底がゴムじゃなかったから、とても動きづらかった。

ヤツらは、おれが階段へ向かって駆けだすのを待っているのかもしれない。だったらその逆を行けばいい。とにかく意表をつくことだ。そこで、おれは主寝室のドアに向かって突進した。取っ手に手をかけるなどという生やさしいことはせず、ドアを力いっぱい蹴とばし、拳銃をかまえたまま寝室に踏みこんだ。動くものがあったら、かまわずに四、五発ぶっ放すつもりだった。

だが、敵はそこにもいなかった。

ナイトスタンドのランプがまだついたままだった。

じゅうたんの上に血の足跡はついていなかった。だから、犯人がバスルームの窓から侵入して、寝室を横切ってドアを閉めたのだろうという考えは成立しなくなる。

いずれにしても、おれはバスルームをチェックした。今回はペンライトを使わなかった。こまかいことを調べるわけではないので、寝室からもれてくる明かりで充分だと思ったからだ。窓は開いたままだった。異臭は二分前と変わりなく強烈だった。便器に首をもたせているのは、まぎれもなくアンジェラである。暗闇に包まれているのがせめてもの情けだった。だが、おれの目には、はっきりと見えた。彼女の驚きを表わす開いた口と、まばたきしない開いたままの目とが。

おれは目をそらし、びくつきながら、廊下が見える入り口のほうに注意を払った。

それからさんざん迷ったあげく、部屋の中ほどに引き下がった。

バスルームの窓から入ってくる風は、入り口のドアを閉めるほどには強くなかった。

ベッドの下には人間が入れるぐらいのすきまはあったが、おれがドアをけり開けた瞬間に犯人がそこに隠れられるはずはなかった。

ウォークイン・クローゼットのドアも開いていて、中が見えた。誰もひそんでいなかった。

近くに行き、ペンライトを照らしてよく見ると、クローゼットの天井から屋根裏に行けるようになっていた。だが、おれが廊下からドアをけり開けて踏みこんでくる二、三秒のあいだに、犯人がここから天井裏に逃げ、階段をきれいに片づけるなんて時間的にもできないことだった。ベッドのすぐ上に窓がふたつあり、両窓とも内側からカギがかけられていた。犯人がここから出入りすることはありえない。だが、いまのおれにはできる。とにかくおれは廊下には引き返したくなかった。

ドアから目を離さないようにしながら、おれは窓を開けようとした。窓はびくともしなかった。フランス式窓だったから、縦枠が太くて頑丈で、壊すことなどとてもできそうになかった。バスルームに背を向けていたおれは、なぜか背すじにクモがはうようなゾクゾクしたものを感じた。そのときおれの頭をかすめたのは、背後で立ちあがるアンジェラの姿だった。彼女は便器から首を起こし、のどから血をドクドクと流しながら、なにか話そうとして声にならない音をたてた。

ふり向いてみたが、彼女はいなかった。おれの口からもれる安堵のため息の温かさが、自分がどれほどの恐怖にとらわれていたかを如実に物語っていた。

一度高まった恐怖心はなかなか静まらなかった。彼女の立ちあがる音がいまにもバスルームから聞こえてきそうだった。おれ自身の命をなくすかもしれない恐怖を前にして、アンジェラを死なせてしまったさっきまでの苦悩はどこへやらだった。アンジェラはもはや人ではないのだ。死そのものであり、怪物であり、腐敗して土になる死骸でしかないのだ。

恥をしのんで正直に言うと、このときおれは彼女のことが憎かった。二階に様子を見に来なければならなかった原因を作ったアンジェラが恨めしかった。おれをこんなことに引きこんだ彼女が憎らしかった。さらには、愛すべき看護婦である彼女を憎む自分を嫌悪した。

人の心ほど暗いものはない。おれは時々そう思う。月明かりさえない心の闇。

おれの手のなかは汗でびっしょりだった。冷や汗でピストルの握りがぬるぬるしていた。

おれは幽霊を追うのをやめた。気が進まないまま、廊下へ引き返した。なんと、そこで、人形がおれを待ちかまえていた。

アンジェラの棚にあったいちばん大きい人形だった。背丈は六十センチもあろうか。投げだした両腕を広げ、まだおれがのぞいていない唯一の部屋からもれる明かりを背に、おれのほうを見上げている。両腕を前に出し、その両腕に何かがぶら下がっていた。

それをひと目見て嫌な感じがした。

よく見なくてもカンで分かった。とんでもないものがぶら下がっていると。

映画では、こういう人形を見せたあとに続くのは、極悪人のドラマチックな登場だ。ホッケーのマスクをかぶった大男か、ならず者と決まっている。そしてそいつが、電動のこぎりか、釘打ち銃か、大なたを抱えている。

おれは、まだ作業台のランプがともっている作業室にちらりと目をやった。侵入者はいなかった。

〈進むんだ。まだのぞいていない廊下沿いのバスルームへ〉

なかには誰もいなかった。最悪のタイミングだったが、おれにはバスルームを使わなければならない生理的欲求があった。

〈終わったら、すぐ進むんだ〉

話を人形のことに戻す。黒いスニーカーと黒いジーンズをはき、黒いTシャツを着ていたその人形が両手にぶら下げていたのは、ネービーブルーの帽子だった。帽子の前には赤い糸で文字が刺しゅうしてある。〝ミステリー・トレイン〟。

一瞬おれは、自分の帽子に似ているなと思った。だが、すぐにわかった。キッチンに置いてきた自分のものだと。

階段の下り口と、おれがまだのぞいていない部屋の開いた入り口に目をやるそのほんのわずかなあいだに、おれは事が起きるのをなかば予測しながら、人形の手から帽子をとりあげ、自分の頭にかぶせた。

こんな状況のなかで、斜交いから明かりを受けたら、どんな人形でも不気味に見える。しかし、こいつがまた特別だった。そののっぺりした陶器の顔のうす気味悪さだけではない何かが、おれのうなじに鳥肌を立たせた。

おれをゾッとさせたのは、人形の気味悪さというよりも、それが持つ人形らしからぬ不思議さだった。

つまり、その人形はおれの顔をしていたのだ。あきらかにおれに似せて作ってあった。全身の毛がよだつと同時に、感激すべきことでもあった。アンジェラが愛情をこめておれの顔を彫り、それを棚に飾っておいてくれたことを思えばほほえましいかぎりだ。だが、こんなときに自分の顔に出くわすのは、幽霊を見るよりも怖い。手に触れただけで、人形に魂を奪われそうな不思議な気分にさせられる。

こういう場合、空想をふくらませておもしろがるのが普通のときのおれだ。ボビー・ホールウェーはおれのそんな一面をあざけって〝多重舞台サーカス的脳ミソ〟と呼んでいる。おれのこの特質は、両親から受け継いだものだ。インテリだった父と母は、この世で学ぶべきものは無限にあり、すべてのものにあらゆる可能性がひそんでいる、という考えに徹していた。

子供のときおれは、A. A. マイルンやビアトリックス・ポッターの詩を読んで聞かされた。それだけでなく、たぶん早熟だと思われてだろう、ドナルド・ジャスティスやウォレス・スティーブンスの作品もよく聞かされた。そのおかげか、以来おれの空想は常に詩の節と混じりあってきた。おれは〝サーカス的脳ミソ〟で勝手に空想をふくらます。トラが反乱を起こして猛獣つかいたちを全員かみ殺したらどうなるだろうとか、道化師たちは本当は悪者であのダブダブの服の下に肉切り包丁を隠しているだの、そのふくらみに際限はない。

〈動くんだ！　そして、もうひと部屋調べよう。背後に注意しながら。それが済んだら、階段を駆けおりるんだ！〉

バカみたいに怖がりながら、おれは自分の分身人形を大きく避けて通った。それから、廊下の向こう側のドアの開いている部屋に入った。ここは客用の寝室らしく、内装はシンプルだった。

帽子をかぶせた頭を下げ、天井のぎらつく明かりに目を細めながら、おれは周囲を見まわした。誰もいなかった。横にはサイドレール、足もとにはフットボードのついているベッドがあった。ベッドカバーがマットに包まれるようになっていたから、下のすきまがよく見えた。クローゼットのかわりに、クルミ材の大きなタンスが置かれていた。その広そうなハンガー部分なら、人間ひとりぐらいは隠れていられそうだった。

ここでもおれは人形に迎えられた。今度のやつも、さっきのおれの分身人形のように、両腕を前に差しだしてベッドの上に座らされていた。明かりがまぶしかったので、そのピンク色の手のなかに何を持っているのか、おれはよく見ることができなかった。

まず天井の照明を消し、ナイトスタンドのランプをひとつだけつけたままにしておいた。ゲストルームの奥に入るときのおれは半身にかまえていた。廊下から敵に襲われたらいつでも応酬できるようにしておくためだ。

タンスのハンガー部分からおれは目を離さなかった。もし戸が開こうものなら、レーザー照準など使わずに、すぐさま9ミリの風穴を開けてやるつもりだった。

ベッドに近寄り、人形の様子を調べた。そのあいだ、ほんの二、三秒、入り口とハンガーの戸から目を離した。広げた手のなかに人形が持っていたのは目玉だった。手描きの目玉でも、ガラスの目玉でもなかった。正真正銘の人間の目玉だった。

ハンガーの戸に動きはなかった。

廊下で動いているのは、時間だけだった。

おれは骨壺のなかの灰のようにじっとしていた。だが、おれのなかの命は動いていた。心臓はいまだかつてない激しさで脈打っていた。もはや心地よい鼓動などではなく、パニックで暴れまわる肋骨《ろっこつ》の囲いのなかのリスだった。

おれは、小さな陶器の手にのせられた目玉にもう一度目を向けた。白い雲のかかった充血した茶色い目だった。まぶたのないむき出しの目は、恐怖の表情を宿していた。その目が最後に何を見たのか、おれは知っている。上に向けた親指にこたえて急停車する白いバンと、そこから出てきたつんつるてん頭の男と、真珠のイヤリング——。

だが、アンジェラの家でおれが相対しているのは、別の男だと分かっていた。謎めかしてじらすこのゲームの進め方は、つんつるてん男のスタイルではない。あいつなら、もっと手っとり早い暴力を好むはずだ。

ここでおれは、社会病質的な悪ガキを収容する療養施設に迷いこんでしまったような錯覚にとらわれた。自由を渇望するサイコチックな悪ガキたちが、職員全員をどこかに閉じこめて自分たちのゲームを楽しんでいる現場に。彼らのしのび笑いがいまにも聞こえてきそうだった。

おれはあえてハンガーの戸を開けなかった。

おれが階段を上がって二階へ来たのは、アンジェラを助けるためだった。しかし、その必要は永遠になくなった。おれのいまの望みは、階段を下りて、外に出て、自転車に乗って無事にこの家から離れることである。

ドアに向かって歩きだしたとき、すべての照明が消えた。誰かが配電盤のブレーカーを下ろしたからにちがいなかった。

おれでさえ歓迎できないほどの底知れない暗闇になった。カーテンはぶ厚くてしっかりしていたので、ミルク色の月の光が侵入してくるすきまはなかった。すべては闇のなかで、まっ黒になった。

おれは見当だけでしゃにむにドアへ向かった。しかし、すぐ、誰かが廊下で待ちかまえているにちがいないと思いなおして、壁にへばりつきながら進むことにした。いきなりナイフの刃に見舞われたら、たまったものではない。

部屋の壁に背を押しつけ、息を殺して耳をすませた。だが、馬のひづめのように鳴る心音だけは静められなかった。

心臓の轟音にもかかわらず、蝶つがいのきしみがおれの耳に届いた。ハンガーの戸が開く音だ！

〈ジーザス！〉

これは呪いのうめきではなく、祈りだった。その両方かもしれなかった。

おれは両手でグロック17をにぎりなおし、銃口をハンガーの戸があるらしいところへ向けた。それからちょっと考えなおして、銃口を3インチほど左に移した。だが、またすぐに右に戻した。

まっ暗闇のなかで身が萎縮していた。引き金をひけばハンガー部分には当たりそうだが、敵にピタリと命中するかどうかは自信がなかった。最初の一発めが重要だ。なぜなら、それによっておれの位置が相手に知られるからだ。

弾をぜんぶ空撃ちしてしまう危険はおかせなかった。ありったけぶっ放せば、相手を倒す可能性もあれば、傷を負わせるだけの可能性もある。また同時に、全発はずす可能性すらある。弾倉がカラになったら、その先どうする？

おれは敵と遭遇する危険をおかしながら、背を壁につけて廊下へのドアに向かって進んだ。敷居をまたいだところで、客用寝室のドアを閉め、それを、ハンガー部分から出てくる敵への衝立《ついたて》にした。もっとも、蝶つがいのきしみがおれのそら耳でなければだが。

一階はあきらかに配線が違うようだった。まっ暗な廊下の奥の階段の下り口が、一階からの反射光でボーッと明るくなっていた。

客室から誰が出てくるかなど、確認する必要がなかった。おれは階段に向かって駆けだした。背後でドアの開く音がした。

息を切らしながら、おれは階段を二段とびで下りた。もう少しで踊り場に着こうというとき、おれの分身人形の首が頭上を通過して、目の前の壁に激突した。

おれはびっくりして片腕で顔をおおった。飛び散った陶器の破片がおれの顔や胸を直撃した。右足があやうくステップを踏みはずしそうになった。おれは壁に手をついてなんとか倒れずにすんだ。

踊り場にいたおれは、襲撃者と向かいあうべく、くるりと向きを変えた。分身人形の破片を踏みつけて、おれの靴底がガチガチと音をたてた。

今度は、首のない分身人形がこちらを目がけて飛んできた。おれがタイミングよく頭を下げると、人形は頭上を飛びこえて背後の壁にぶち当たった。

その瞬間に、一階の照明もいっせいに消えた。

漆黒の闇のなかで、何かの焦げるにおいがしてきた。

第十五章

一寸先見えない真っ暗闇のなかで手さぐりするうちに、ようやく手すりを探しあてることができた。汗ばんだ手でスベスベした手すりの表面をにぎりながら、玄関ホールを目指して階段を下りた。

階段を下りながらおれは、暗闇がおれのまわりで渦を巻いているように感じた。だがすぐに、単なる暗闇ではなく空気の渦であることに気づいた。とぐろを巻くヘビのように、熱風が渦を巻きながら階段を吹きぬけていた。

最初は巻きヒゲのように小さかったものが、タコのように長い足を広げ、ついには逆巻く異臭の風となっておれを包んだ。目には見えなくとも、手にとるように感じられた。おれは息が苦しくなって、ゴホゴホやりながら逆戻りしはじめた。こうなったら、もう二階の窓から脱出するしか道はなかった。もっとも、アンジェラが横たわるバスルームの窓からだけはご免だった。

おれは踊り場に戻り、二、三歩上がったところで、上の様子をうかがった。煙がしみて涙でぬれた目には、視界がかすんでしか見えなかった。しかし、そのなかで揺れている炎だけははっきり見えた。

二階も燃えている！

一階と二階、火は両方同時に放たれたのだ！　サイコチックな悪ガキたちはどうやら大勢いるようだった。おれは火葬場での、地面から湧いたような捜索隊のことを思いださずにはいられなかった。まるでサンディ・カークが死者を招集する魔法の力でも持っているかのような、あっという間の動員だった。

やむなくおれは下に向かって後ずさりした。それから、空気が吸えそうなところに向かって突き進んだ。階段のいちばん下の部分に吸える空気がまだたまっているかもしれなかった。

ひと息吸うごとにおれの咳き込みは激しくなり、パニックも増大した。仕方なくおれは、下に着くまで息を止めることにした。

下に着くや、おれは四つんばいになり、顔を床につけて呼吸をした。空気は暑くて苦しかったが、なんとか息はつけた。そのときの空気のおいしさ、ありがたさは、太平洋の波打ちぎわに吹いてくる新鮮な冷たい空気以上だった。

しかし、いつまでもそんなことはしていられなかった。数回息を吐き、よごれた肺をきれいにしてから、つばを吐くあいだだけそのままの格好をつづけた。

それからおれは首を上げ、どのくらいの高さまで空気の安全ゾーンがあるのかを調べた。安全ゾーンは深くなかった。せいぜい十センチか十二、三センチだった。だが、それだけあればどうにか脱出できそうだった。

それでも、カーペットに火がついたら、安全ゾーンはなくなる。

照明はいぜんとして消されたままだ。たとえ明かりがついていても、この煙では何も見えないだろう。

おれは腹ばいになり、玄関があると信じる方角へ向かって半狂乱になって進んだ。暗闇のなかで最初にぶち当たったのは、その感触からしてソファらしかった。ということは、おれはどうやら円ドアをくぐってリビングルームに入りこんでしまったらしい。つまり、めざした方角よりも九十度ずれたことを意味する。

躍動するオレンジ色の炎が近くの床をはって行くのが見えた。厚い煙の層は下から炎に照らされて、平原をおおう雷雲にも見えた。カーペットを斜交いに眺めると、ベージュのナイロン繊維は、あたかも稲光の瞬間にかいま見える広大な枯れ草の畑のようだった。煙の下のこのせまい生死の世界は、おれが足をすべらせて落ちこんだ、異次元空間をへだてる緩衝地帯のように思えた。

この不気味な明かりは、部屋のどこかで燃えている炎の反映である。だが、それとて、暗闇のなかで道を示すほどには明るくない。そのストロボ的明かりは、おれの頭を混乱させ、怖さを増幅させるだけである。

炎が直接見えないあいだは、部屋の遠くのすみで燃えているのだと自分を思いこませることができた。だが、赤い炎が視界に入ってくると、そのごまかしもいよいよ利かなくなってきた。炎が見えることによる利点は何もなかった。炎が十センチ離れているのか、それとも一メートル離れているのか、こちらに近づいているのか、遠ざかっているのか、その距離感がつかめなかった。

炎の明かりは、おれを逃げ道に導くこともせずに、ただ不安をあおるだけだった。

煙を吸いこんだための副作用からか、おれは時間の感覚をなくしていた。それとも、火の回りが異常に早かったのかもしれない。放火犯はおそらく燃焼促進剤を使ったのだろう。ガソリンか？

玄関ホールを通りぬけ、必ず玄関ドアにたどり着くのだとの固い決意に支えられ、おれは、ますますタバコくさくなる床の上の空気を吸いこみ、腹ばいになってリビングルームのなかを進んだ。ひじをじゅうたんに食い込ませて体を引きずり、家具をけとばしては一歩前に出た。ついにおれのおでこは、硬い壁にぶつかった。レンガを重ねた暖炉の床だった。玄関とは逆方向に来てしまった。だからといって、サンタクロースじゃあるまいし、煙突を登って外に出る自分なんてまるでイメージできなかった。

目まいがしてきた。頭痛がおれの頭蓋骨を二分した。左の眉毛から頭の右半分がズキンズキンと痛んだ。両目は煙でチクチクと痛み、しょっぱい汗がそのなかに絶え間なく注ぎこんでいた。もう呼吸困難を通りこし、濃い煙を空気のように吸いこんでは吐いていた。おれの命もこれまでだと思いはじめていた。

暖炉と玄関の位置関係を思いだそうと、おれは意識をふりしぼった。

どうしてこんな小さな家から抜けだせないのか、おれは情けなくて、自分がいやになった。ここは迷宮でも屋敷でもなく、バスルームをふたつだけ備えたごくごく平凡な家なのだ。べつにすぐれた不動産屋でなくても、家の間取りを二言三言で説明できる。

時々われわれは、自宅の火災で焼死する人たちのことを夜のニュースで耳にする。そのたびに、なぜ、すぐそばにある窓なりドアなりから逃げだせなかったのかと不思議に思う。まさか酔っぱらっていたわけでも、子ネコを助けるために火のなかに飛びこんだわけでもあるまいに。ここで子ネコを引き合いに出すのは、つい数時間前にネコに助けられて敵から逃げきったおれとしては心苦しいところだが。しかし、当事者になっておれは初めて分かった。煙と暗闇の混合は、ドラッグやアルコールよりも頭を混乱させるものなのだと。それに、煙を吸いこめば吸いこむほど頭の働きはにぶり、パニックさえ感じなくなってしまうのだ。

アンジエラに何が起きたのか調べようとはじめに階段を上がったときは、自分の落ちつきぶりと、暴力願望の闘志にわれながら驚いたものである。

あれから十分しか経っていないのに、なんという違いだろう。いまのおれは無残なほどに思い知らされている。この状況下で、バットマンの半分の落ちつきでもあったら、もっとなんとかなるだろうし、おれの体を燃やすことは決してなかったはずだと。

もうろうとしながら腹ばいを続けているうちに、何かがおれに触れた。おれの首とほほにまとわりついてきた。

〈生き物だ！〉

〝多重舞台サーカス的脳ミソ〟でおれは腹ばいになっているアンジエラ・フェリーマンの姿を思い浮かべた。死体がブードゥー的悪霊で活力をとり戻し、おれののどに冷たいキスをするために、ヘビのように部屋をはってきたのだと妄想した。酸素不足による思考力の低下は深刻だった。こんな不気味な目にあっていながら、ショックで頭がはっきりすることもなかった。おれは反射的に引き金をひき、その生き物に一発食らわせた。

ありがたいことに、発砲は見当ちがいの方角になされていた。銃声がリビングルームに響いた瞬間におれはハッと気づいた。おれの首にさわった冷たい鼻と、耳をなめた生暖かい舌は、なんと、おれの忠実な友、わが無二の愛犬、オーソンのものではないか!

「よう、親友!」

おれはそう呼びかけたつもりだったが、のどから出たのは意味をなさないうめきだった。オーソンはおれの顔をなめた。オーソンの息が犬くさかった。犬なのだからこれは当たりまえのことだ。

おれは猛然とまばたきして、視界を得ようとした。部屋中でゆらめく炎はいままで以上に明るかった。だが、おれの目に見えるのは、すぐ前の毛だらけの顔だった。

そのときおれは気づいた。オーソンが家のなかに入ってきておれを見つけられた以上、彼が脱出口も知っているのではないかと。だとしたら、早くしないと、おれのデニムと彼のフサフサした毛がいまにも燃えだしそうだ。

おれは全力をふりしぼり、よろよろと立ちあがった。ふたたびウッとくる吐き気に襲われたが、前のときと同様、それをのみ込んでこらえた。

おれは目をしっかり閉じ、頭上から押し寄せてくる熱波のことは考えないことにした。それから、かがんで腕を伸ばし、オーソンの首輪をつかんだ。オーソンがずっと足もとにいてくれたので、それは簡単にできた。

オーソンは鼻を床にぴったりくっつけていた。そのほうが空気を吸えるのだろう。おれのほうは息を止め、鼻がむずがゆくなるほどの濃い煙を無視して、犬が家の外へ導いてくれるのをじっと待った。

オーソンに従っておれは歩きだした。二、三の家具につまずきかけたが、こんな悲劇と恐怖のなかでも、犬にとっては主人との戯れなのだろう。尾をふりふり進む彼におれは全幅の信頼を置いた。

ドア枠に思いきり顔をぶつけてしまったが、さいわい、歯は折らずにすんだ。この息づまる短い旅のあいだ、おれは何度も神に感謝した。おれへの試練を、視力を奪うことではなく、ＸＰの遺伝子を与えることによって課してくれたことを。

ここで気を失うのかと思いかけたとき、おれは冷たい空気を顔に感じた。目を開けて見ると、周りがよく見えた。おれたちはキッチンのなかにいた。火はここまでは届いていなかった。煙もなかった。裏の出入口のドアが開いていて、そこから外の空気が吹きこんでいた。

テーブルの上ではまだロウソクがともり、ブランデーグラスも、アプリコットのブランデーボトルも、前のままそこにあった。

このくつろいだ風景画のような光景に、おれは目をパチクリさせた。過去数分間の出来事が夢だったような気がして、今の今、現実に体験してきたこととはとても思えなかった。亡き夫のカーディガンに身を包んだアンジェラがいまにも戻ってきて、そこに腰をおろし、グラスにブランデーを注いで不思議な話の続きをするような気さえした。

のどが乾いていたのと、口のなかが気持ち悪かったので、おれはブランデーをがぶ飲みした。こういうとき、ボビー・ホールウェーならビールでのどをうるおしていただろう。そのほうがいいに決まっている。

キッチンのドアの内鍵は解除されていた。いくらオーソンは頭がいいからといって、彼がおれのためにカギを開けておいてくれたとは考えられない。殺人者がここから逃げていったのは明らかだ。

外に出ると、おれは肺のなかに残っていた煙を吐きだし、拳銃をジャケットのポケットにほうり込んだ。それから、湿った両手をジーンズのポケットにつっこんだまま、裏庭のあちこちを見まわして犯人の姿を探した。

銀色にかがやく池の水面下を移動する小魚の大群のように、雲の影が、月に照らされた芝生の上を泳いでいた。

風でゆれる枝葉以外に動くものは何もなかった。

ハンドルをわしづかみにして、自転車を起こすと、おれはそれを押して出口へ急いだ。格子棚でおおわれた通路を抜けたところで、アンジェラの家を見上げてびっくりした。炎などほとんど見えず、家の外側はまだちゃんとしたままだった。わずかに、二階の窓のカーテンの燃えだしているのが見え、軒下にある屋根裏部屋の換気口から白い煙が噴きだしていた。

気まぐれのようにときどき音をたてて吹いてくる風を除けば、その夜は不自然なぐらい静かだった。ムーンライト・ベイは都会とは呼べないような小さな町だが、それなりの夜の音はある。まばらだが通りぬけていく車の音、カクテルラウンジからもれてくる音楽、子供が裏庭でギターを練習する音、犬の泣き声、清掃車のほうきが道を掃く音、通行人の話し声、《ミレニアム・アーケード》にたむろする高校生たちの笑い、オーシャン・アベニューの踏み切りを通過するときにアムトラックの列車が鳴らすメランコリーな汽笛……この夜にかぎり、そのどの音も聞こえなかった。まるで、モハベ砂漠のゴーストタウンに迷いこんでしまったような静かさだ。

おれがリビングルームで一発ぶっ放したときの銃声も、人の注意をよぶほど大きくはなかったようだ。

ジャスミンの香りに包まれた通路を行くとき、車輪のベアリングがコトコトと小さな音をたてていたが、それとは対照的に、おれの心臓はドキンドキンと大鳴りしていた。門まで来ると、オーソンは前足を使ってラッチを開けた。彼がこうして門を開けるのを前にも見たことがある。おれたちは私道を通りぬけて、外路に出た。動作は速かったが、駆けだしたりはしなかった。おれたちはツイていた。目撃者はまったくいなかった。道には、近づいてくる車も通りすぎていく車もなかった。

もし、いま燃えだしたばかりの家から出てくるところを誰かに見られたらやっかいなことになる。スティーブンスン署長は、それを、おれを検挙する理由に使うだろうし、おれが抵抗しようがしまいが、抵抗したと言って射殺することだってできる。

おれは自転車にまたがり、地面につけた片足でバランスをとりながら、アンジエラの家をふり返ってみた。強風にあおられて、手前の大きなモクレンの木が揺れていた。その枝のすきまを通して、一階や二階の窓から炎が噴きだしているのが見えた。

悲しみと、興奮と、好奇心と、絶望と、同情と、暗い驚きで胸を詰まらせながら、おれはペダルをこぎ、街灯の少ない道路をめざした。自分のあえぎがはっきりと聞こえた。オーソンは早足でおれの横にぴったりとついていた。

一ブロックほど行ったときだった。〝バーン〟とアンジェラの家の窓が熱で吹き飛ばされる音が聞こえた。

第十六章

　枝のまにまに見える星くず、葉で漉《こ》された月明かり、カシの大木、見慣れた暗がり、墓石の静かさ――オーソンにとっては、リスの隠れ家の永遠につづく謎のにおい。おれたちはベルナデット・カトリック教会隣接の墓地に来ていた。おれの自転車は花こう岩の墓石に立てかけられている。その墓石の上に載る、頭に光輪をつけた天使の石像。おれは、十字架をいただく墓石に背をあずけて座りこんでいた。

数ブロック離れたところで、やかましく鳴っていたサイレンの音が急にやんだ。消防車が火災現場に到着した合図だ。

ボビー・ホールウェーの家に向かう道のり、おれはときどき咳き込んでペダルがこげなくなり、自転車を押して歩かなければならなかった。オーソンの息づかいもおかしかった。何度も「フーン」と大きく息を吐いては、なかなかとれない火事場のにおいを吐きだしていた。

おれはススのにおいのする痰《たん》を口にためて、それを、通りがかったカシの木の根もとに吐いた。それでまさか大木が枯れるようなことはないだろうと願いながら――なにしろ、二百年ものあいだ、地震や、嵐や、山火事や、虫害を生きぬいてきた老木である。とくに、最近北米大陸をおおう、ドーナツショップのある小型ショッピングセンター建設熱をも生きぬいた偉いやつだ。おれの口のなかはまるで火つけ用の練炭を食べたような味がした。

燃えさかる家のなかに、命知らずの主人よりも短い時間しかいなかったオーソンは、おれよりも回復が早かった。おれがゲーゲー、ペッペッとやっているあいだに、オーソンは墓のあちこちを元気に動きまわり、謎のにおいの真相を求めて、あっちをかぎ、こっちを掘りしていた。

めまいがしたり、つばを吐いたりしていたときも、おれは、オーソンが近くに来るたびに話しかけた。彼は品のある黒い首を上げ、聞いているふりをしてはしっぽを振っておれを喜ばそうとするが、それでもやはり、リスのにおいの追跡がやめられないらしかった。

「あの家のなかで、いったい何が起きたんだ？」

おれはオーソンに問いかけた。

「誰がアンジェラを殺したんだ？　なぜおれをあんなふうに脅かしたり、からかったりするんだ？　あの人形たちの意味は？　アンジェラにしたように、おれの首をかき切って、彼女と一緒に燃やしてしまえばすむものを！」

オーソンは首を横に振った。おれは彼のそぶりの解釈ゲームを始めていた。オーソンが当惑して首を振っているということは、彼は知らないということだ。あいつらがなぜおれの首をかき切らなかったのか、オーソンに訊いても答えは得られない。

「おれが拳銃を持っていたからだとは思えないんだ。敵はひとりではない。少なくとも、ふたりはいたはずだ。もしかしたら、三人だったかもしれない。だから、その気になったらおれのことなどたやすく片づけられるはずだ。アンジェラの首はかき切られていたが、殺し方から見ても、かなり悪いことをしてる連中だ。なにしろ人の目をくり抜いて喜んでいるくらいだからな。銃を持たない主義なんてことはありえない。ピストルなどへっちゃらのはずだ」

オーソンは何か考えている様子で首をかしげた。やはり、分からないと解釈するべきなのだろう。

「連中はおれを殺すために家に火をつけたのではないと思うんだ。本当はおれなんかどうだってよかったんだ。もしおれを殺すつもりなら、どんな手だってあったはずだ。連中が放火したのは、アンジェラ殺しを隠すためだったんだ。それ以外に考えられない」

オーソンは、肺のなかの煙で汚れた空気をリスのにおいの空気と入れ替えするかのように、フンフンと大きく息を吐いた。

「世の中に尽くしながら生きてきた善良な人が」

おれはオーソンに向かって悔しそうに言った。

「あんな殺され方をするなんて！」

オーソンはクンクンと鼻を鳴らしただけだった。

「サーシャがこの場にいたら、おれがいつもよりジェームス・ディーンに似てるって思ってくれただろうな」

おれの体はあぶらっぽかった。それをおれは、あぶらっぽい手でぬぐった。墓地の草むらと、磨かれた墓石の表面で、月明かりを受けた枝葉の影が妖精のように揺れていた。

こんな薄明かりのなかでも、おれにはちゃんと見えた。顔をぬぐった手はススだらけだった。

「おれはきっとすごく臭っているぞ」

オーソンはリスの足跡に興味をなくし、おれのところに戻ってくるや、おれの体じゅうに鼻をつけてクンクンとやりだした。靴からすね、さらに胸へ、最後にはおれのジャケットの内側からわきの下に鼻をつっこんだ。

オーソンは普通の犬以上に理解力があるだけでなく、ユーモアのセンスがあり、皮肉屋でもある、とおれはときどき本気で思う。

オーソンの顔を両手でしっかりつかみ、わきの下から離して、おれは言った。

「どうやらおまえはヒーローじゃないらしいな。番犬としても失格だぞ。おれがアンジエラの家に着いたとき、連中はすでに家のなかに隠れていたのかもしれない。アンジエラはそのことを知らなかったんだろう。でも、連中が家を出て逃げるとき、どうしておまえは連中のケツにでもかみついてやらなかったんだ？　連中がキッチンのドアから出ていったのなら、おまえの目の前を通ったはずだ。連中がケツを抱えて裏庭を転げまわっている光景をおれは見たかったのに、なぜそうならなかったんだ？」

オーソンの目がじっとおれを見つめた。彼の目の表情は深かった。非難めいた質問を浴びせられてショックを受けているのだ。彼はもともとおとなしい犬である。ボールを追ったり、人の顔をなめたりするのが専門だ。暴力を好まず、哲学的であり、聞き役に徹したよき友である。

おれが座ったまま、鼻と鼻をつけてオーソンの目をのぞき込んでいると、何か不思議な意思が伝わってくるような気がした。もちろんそれは、おれの気のせいかもしれなかったが、オーソンの本当の気持ちがイメージできたような気がした。おれがいつも勝手に作りあげているような対話ではなく、もっと動揺した底知れぬおびえのようなものだった。

おれはオーソンの首から手を離した。オーソンはその場から離れようとも、視線をそらそうともしなかった。

おれもオーソンから視線を離せなかった。

これをまたボビー・ホールウエーに話したら、ロボトミーの手術を受けたほうがいいぞ、なんて言われそうだ。でも、おれにははっきり分かる。オーソンはおれを心配しておびえているのだ。悩みの深さを表わすまいとするおれに同情しているのだ。ひとりぼっちになるのをおれがどんなに恐れているのか知って、おれを憐れんでいるのだ。それよりも何よりも、彼はおれの行く末を案じているのだ。彼は予知しているのかもしれない。山のようにどでかい災難の歯車がおれをゴミのように踏みつぶし、粉々になったおれをその通った跡に捨てていくのだと。

「何が、いつ、どこで起きるんだ？」

おれはつぶやいた。オーソンの凝視は強烈だった。犬の面をしたエジプトの墓の神でも、これほどのにらみ方はしないだろう。

「ときどき、おれはおまえが怖くなるよ」

おれがそう言うと、彼は首を振っておれから離れていき、墓石の周囲をまわったり、草むらをかいだりして、ふたたび単なる犬のふりを始めた。

もしかしたら、おれはオーソンが怖かったのではなく、自分自身が怖かったのかもしれない。

彼の光る目はおれの目を映す鏡だったのかもしれない。そこにおれは、見たくない自分の心のなかの真実を見たのではないだろうか。

〈これじゃまるで、ホールウェー流の解釈じゃないか〉

突然、オーソンが興奮しだした。スプリンクラーでぬらされたばかりの枯れ葉の上をクンクンとかぎながら、うれしそうに歩きはじめた。

「何がなんだかさっぱり分からないぞ」

おれはオーソンに呼びかけた。

口のなかはまだ灰皿の底のような味がしていたが、もう悪魔のような痰《たん》は吐かなくてもすんでいた。この調子なら、ボビーのところまでペダルをこいで行けそうだった。

自転車を取りにいく前に、おれは立ちあがって、いままで寄りかかっていた墓石をふり返った。

「いやあ、ノアじゃないか。どうだ、ご機嫌は？　ちゃんと安らかに眠っているか？」

墓石に刻まれた碑文を読むためにペンライトをつける必要はなかった。もう何百回も読んだ碑文だった。

ノア・ジョセフ・ジェイムス
一八八八年六月五日―一九八四年七月二日

おれはその名前と、その下に書かれている日付に思いをはせて、しばらくその場にたたずんだ。

ノア・ジョセフ・ジェイムスは、名前を三つ持った男だった。しかし、おれが感心しているのは、その名前の多さにではない。奇妙なほどの長寿にだった。

九十六年間の人生。

九十六回の春、夏、秋、冬。

医者をはじめ、みんなの予想を裏切って、おれは目下のところ二十八歳まで生きている。このまま運がよければ、あと十年は生きられそうだ。もし医師たちの予断が間違っていたら、もし運命の神が休みをとっていたら、四十八歳まで生きられるかもしれない。そうしたら、おれは、ノア・ジョセフ・ジェイムスに与えられた長い人生の半分もエンジョイすることになる。

彼がどこの誰で、この世にいたときに何をしていたのかは知らない。はたして妻はひとりだけだったのか、それとも三人ぐらいはいたのか？　彼が産ませた子供たちは何になったのか？

牧師になったのか、連続殺人犯になったのか、そんなことはどうでもいい。この男には、リッチで華やかな人生が似合うような気がした。きっと世界のあちこちを旅したのだろう。ボルネオにも、ブラジルにも、二十五年祭でにぎわうモービル・ベイにも、マリディグラ祭りのあいだのニューオリンズにも、太陽が洗うギリシャの島々にも、チベットの秘境にも。彼は人を真剣に愛し、ゆえに、人からも真剣に愛されたものと信じたい。勇敢な戦士でありながら、詩人であり、冒険家であり、音楽家であり、七つの海を航海する船員であってくれたらおれはうれしい。名前しか残っていない今、彼はおれのイマジネーションのなかでどんなヒーローにでもなれる。そしておれは、彼が生きた太陽の下の長い人生を頭のなかでなぞることができる。おれは静かに呼びかけた。

「ヘイ、ノア。あんたが死んだ一九八〇年代当時のことを訊くけど、葬儀屋は銃など持ってなかったよな?」

おれは立ちあがり、自転車が墓石の天使に見守られているとなりの墓石に歩んだ。

オーソンが低いうなり声を発すると同時に、警戒のかまえを見せた。首を高くあげ、耳をピンと張った。しっぽは股のあいだに入ったままだった。

おれは彼の黒い目の視線の先をたどった。肩を丸めた背の高い男が墓石のあいだを歩いているのが見えた。やわらかい月明かりの下でも、男の姿の端々が骨ばっているのが分かった。まるで、骸骨が黒いスーツを着ているようだった。ノアの近所の住人が墓穴からはい出て、誰かを訪問するところのようにも見えた。

男は、オーソンとおれが立っている墓の同じ列のところで足を止め、左手に持っている奇妙なものをいじりはじめた。携帯電話ぐらいの大きさのものだった。

男はその道具のキーパッドをたたいた。不気味な音階が静まりかえった墓地のなかに流れた。だが、その音は電話のものとは違っていた。

薄い雲が月の姿を空から消したちょうどそのとき、男は、手に持った機械の青リンゴ色のスクリーンに顔を近づけて何かのデータを読みとろうとした。男が何者か分かるのに、スクリーンの明かりだけで充分だった。赤毛も、赤褐色の目も見えなかったが、その貧相な顔と、薄い唇を見ただけでゾッとなった。さっき見たばかりの顔だ。葬儀屋の手伝い、ジェシー・ピンがこんな時間にここで何をやっているのだ？

おれたちの立っているところから十二、三メートルしか離れていないのに、葬儀屋手伝いはおれたちがいることに気づいていない様子だった。

おれたちは墓石のふりをして動かなかった。オーソンもうなり声を発しなかった。たとえオーソンが多少うなっても、カシの大木をゆらす風の音がそれを消していた。

葬儀屋手伝いのピンは、手に持った器具から顔をあげ、おれたちと反対側にあるベルナデット教会のほうを見た。それからふたたびスクリーンをのぞき込み、やがて教会のほうに向かって歩きだした。

彼はすぐ近くにいるおれたちにまだ気づいていなかった。おれはオーソンを見下ろした。

オーソンもおれを見上げた。

おれたちの足がピンのあとを追いはじめた。

第十七章

葬儀屋手伝いはうしろをふり返ろうともせず、早足で教会の裏手にまわった。そこから、地下室に通じる幅の広い石段を下りていった。

おれは葬儀屋を見失わないように距離を保ってあとをつけた。

石段の上、三メートルほど手前で足を止め、葬儀屋手伝いの行く手を見守った。

もしそのときふり返られたら、隠れる間もなく見つかっていただろう。だが、それはあまり心配していなかった。葬儀屋手伝いは手のなかの課題に夢中で、いま天国のラッパが鳴っても、墓穴から幽霊たちが出てきてバカ騒ぎをしても気づかなかっただろう。

葬儀屋手伝いは手のなかの不思議な器具を最後にもう一度のぞいてからスイッチを切り、それをコートのポケットにしまった。そして、別のポケットから別の器具を出して、何かゴソゴソやりはじめた。今度の器具は明かりを発しなかったので、それが何なのかまるで見当がつかなかった。

カシの大木をゆらす風のなかでも、器具を操作する音は聞こえた。ガチャガチャという音のあいだに、〝バチンバチン〟という音が三回聞こえた。

四回めのバチンという音を聞いたとき、おれはその音に心あたりがあるのを思いだした。〝解錠銃〟以外の音ではありえなかった。カギ穴にこの銃の先をつっこんで引き金をひくと、カギはたちどころに開いてしまうのだ。

何年か前にマニュエル・ラミレスがこの器具をおれにデモンストレーションして見せてくれたことがある。〝解錠銃〟を買えるのは警察関係者だけで、一般市民はそれを持っているだけで法を犯すことになる。

ジェシー・ピンは葬儀屋の主人同様に、分別のある面《つら》をぶらさげているが、殺害された犠牲者を焼却炉のなかに放りこんで、事実上、殺人の隠ぺいに加わっている。そんな男が〝解錠銃〟を持っているとはどういうことなのだろう？　特別に許可を受けているのかもしれない。それとも、なんらかの理由で警察とかかわっているのだろうか？　しかし、今日の夕方、おれがのぞいていた焼き場の窓に突進してきたピンのあのときの形相を思いだすと、彼が法を守る側だとはとても思えなかった。

ドアのカギを開けるのに、葬儀屋手伝いは解錠銃の引き金を五回ひかなければならなかった。カギを開けおえると、彼は解錠銃をポケットに戻した。

ピンがドアを押し開けると、窓のない地下室には照明がついていた。彼のシルエットが敷居のところで止まり、骨っぽい肩を左に、なかばうなだれた首を右に傾けて、なかの様子をうかがっていた。その間、三十秒ぐらいだった。風に吹かれて、ピンの髪が藁《わら》のように逆立った。それから彼は、十字の支え棒から飛び出してきたかかしのように、急に姿勢を正して、地下室のなかに入っていった。背後のドアは半分ほど閉めただけだった。

「ここで待ってろ」

おれはオーソンにささやいた。しかし、石段を下りていくと、オーソンもおれのうしろにピタリとついて来た。

半分開いたドアに耳をつけて様子をうかがったが、地下室からはなんの音も聞こえてこなかった。

オーソンは五十センチほど開いているすきまに首をつっこんでクンクンとやっていた。おれが頭をたたいてやめろと合図したが、オーソンは引きさがらなかった。

犬におおいかぶさるようにして、おれもすきまの中に顔をつっこんだ。においをかぐためではなく、中がどうなっているのか見るためだった。蛍光灯の明かりに細めたおれの目に見えたのは、天井も壁もコンクリートの縦十二メートル、横六メートルぐらいの長方形の部屋で、教会や日曜学校の部屋に熱湯や空気を供給する機械がおいてあった。

ジェシー・ピンはその部屋の四分の三ほど奥へ進み、背をこちらに向けたまま、部屋のいちばん奥にあるドアに近づいていた。

ドアから一歩下がり、おれはシャツのポケットからサングラスをとりだした。

メガネをかけて中をのぞき直したときは、ピンはもう別の部屋に消えてしまっていた。次の部屋に通じるドアも半開きのままで、そこから、次の部屋の明るい光がもれていた。

「中はコンクリートの部屋なんだから」

おれはオーソンにささやいた。

「おれのナイキなら大丈夫だけど、おまえの爪は音をたてるから、ここで待ってろ」

おれはドアを押し開け、地下室のなかに入っていった。オーソンは階段を下りたドアの外で待っていた。今度は理由をちゃんと言って聞かせたから、オーソンも言われたとおりにするようだった。

それとも彼は、これ以上進むのは危険と察知して、そこにとどまることにしたのだろうか。犬は人間の何千倍もの嗅覚をもっていて、そこから人間には及びもつかないほどの情報を得ているのだ。

サングラスをかければ、もう明かりは怖くない。おれは中央の広いところを避け、ボイラーやほかの機械がぐちゃぐちゃあるところを選んで進んだ。そのほうが、ジェシー・ピンが戻ってくる足音が聞こえたとき、さっと身を隠せるからだ。

時間の経過と汗で、顔と手に塗った日焼け止めの効力は薄れているはずだが、その代わりをおれはススに期待した。おれの両手は黒い絹の手袋をしたようにススでそまっていたから、顔も同じだろうと推測できた。

部屋の奥のドアに近づいたとき、遠くから男の声が聞こえてきた。ふたりいるらしく、そのうちのひとりはあきらかにピンだった。声はくぐもっていて、内容までは聞きとれなかった。おれは表のドアをふり返った。オーソンが片方の耳をピンと張って、おれのほうを見ていた。

部屋の奥のドアの向こうは、細長い部屋になっていて、中はがらんどうだった。天井にへばりついている水道管や空調ダクトのあいだに鎖でぶらさがっている照明のうち、ついているのはほんの二、三灯だった。おれはサングラスをはずさなかった。

奥まで行くと、部屋はL字型であることが分かった。右に折れたほうの部屋は、手前の部分よりも幅が広くて、さらに長かった。照明も前の部分同様にうす暗かった。この部分は倉庫として使われていた。おれは声のするほうに向かって、日用品の入ったダンボール箱や、祝賀行事のための装飾品や、教会の記録をおさめたキャビネットのあいだを進んだ。そっちにもこっちにも黒い山ができていて、まるで頭巾をかぶった僧侶たちの集会のようだった。

近づくにしたがって聞こえてくる声は大きくなったが、反響がありすぎて内容はいぜんとして聞きとれなかった。ピンは怒鳴っていたわけではないが、その声の調子から判断して、怒っているようだった。それをもう一方の声が一生懸命なだめているようだった。

等身大の模型によるキリスト生誕の光景が部屋の半分を占めていた。ヨセフと揺りかごのなかのキリストと聖母マリアだけでなく、賢者や、ラクダや、ロバや、子ヒツジや、生誕告知の天使たち。全メンバーがそろう馬小屋シーンのすべてがそこにあった。馬小屋は木材で造られ、草の束は本物だった。人間や動物は、金網の上に漆喰を塗って作られていた。衣服や顔に筆を入れたアーティストはなかなかの腕前と見受けられた。道具や画材のちらばっている状況から判断すると、模型は次のクリスマスにそなえて、目下、修理中らしかった。

男たちの話している言葉が少し聞こえるようになってきた。おれは人形たちのあいだをさらに奥へ進んだ。人形のいくつかはおれより大きかった。よく見ると、模型の配列はまるで意味をなしていなかった。賢者のひとりは顔を天使のトランペットの前に突きだし、ヨセフはラクダと話しこんでいるように見え、揺りかごのなかのキリストはシーンの端にほうり出されている。やさしくほほえむ聖母マリアは自分の子供よりもバケツに注意をはらい、もうひとりの賢者はラクダの尻を見上げている。

おれは混乱したキリスト生誕のなかをゆっくり進み、列の最後の、リュートを持つ天使の影に身を隠した。そこから先をのぞいてみると、六、七メートル先の明るいところに、ジェシー・ピンがいるのが見えた。葬儀屋手伝いは言葉を荒らげて、相手の男にいばりちらしていた。ふたりの男がいるすぐうしろには、教会のメインフロアにつづく階段があった。

「前にも注意したはずだぞ」

ピンはうなるように声をあげた。

「なんべん注意したら分かるんだ、おまえは」

ピンの影に隠れて、相手の男の顔は見えなかった。男の声は小さかったので、何を言っているのか聞きとれなかった。

葬儀屋手伝いは憤懣やるかたない様子で、乱した髪をかき上げながら、その場を行ったり来たりしはじめた。

葬儀屋が動いたので、相手の男の顔が見えた。なんと、ベルナデット教会の神父、ファーザー・トム・エリオットではないか！

「バカ者！　まぬけ！」

ピンは口汚く相手をののしった。

「ペラペラとしゃべりやがって。なにが神だ」

トム神父は丸々と太った小男で、その丸い顔は生まれながらのコメディアンである。おれは彼の教区のメンバーでもないし、どの教会にも属していないが、トム神父とは何度か話したことがある。そのときにおれが受けた印象は、自分の冗談に満悦している、人のよいおっさんと、生きることに対する子供のような情熱だった。教区の人たちに敬愛されるのも大いにうなずけた。

しかし、ピンの態度は敬愛とはまるで正反対だった。葬儀屋手伝いはやせ細った片手をあげ、骸骨のような指を神父に向けた。

「もうおまえにはうんざりだ。この身勝手ヤロー」

トム神父は、この言葉の暴力を逆らわずにやり過ごそうと決めてかかっているようだった。かなりのフラストレーションがたまっているのだろう、ピンは行ったり来たりしながら、神父がよく分かるよう、文字を刻むかのように片手で宙をなで切りしていた。

「おまえのはったりはもう受けつけない。おまえの干渉もすべて無効だ。おまえを脅すのももうやめた。もう、脅しは終わりだ。これから実行に移る。いよいよ連中にやらせるぞ。そうじゃないと、おまえはよく分からないようだからな。神のために悩む殉教者エリオット神父というのはどうだ。ひと言も不平を言わず死んでいったとな」

トム神父はうつむき、両手をダラリと下げて、ひたすら嵐がすぎるのを待っている様子だった。神父の反応のなさがピンをさらに怒らせた。葬儀屋手伝いは片手でこぶしを作り、それをもう一方の手のひらにバチンとたたきつけた。まるで、肉と肉がぶつかり合う音を聞かなくては気がすまないといった体《てい》だった。その張りあげる声はこれ以上はない怒鳴り声になっていた。

「ある晩目を覚ましたら、連中にとり囲まれていることになるぞ。それとも、ベルタワーあたりで襲われるか、祈祷《きとう》でひざまずいているときにやられるか、いずれにしても相当なエクスタシーが味わえるぞ。神のいる天国に行けるわけだからな、殉教者さんよ。せいぜい祈るんだな。おまえの心の平和と、おまえを八つ裂きにする連中の罪滅ぼしのためにな。分かったか、神父!?」

こんなののしりにも、丸々と太った神父は伏し目と無言で応えていた。おれは暗がりでじっとしていたが、葬儀屋手伝いに向かってこの場で問いつめたいことが山ほどあった。

しかし、ここに彼の足を火傷させて自供を引きだすような炉もない。

ピンは足を止め、仁王立ちになってトム神父を見下ろした。

「もう脅しはやめることにしたんだよ、神父。効果がないからな。だから、今度はおまえに死の苦しみを体験させてやる。おまえがこれ以上じゃましたらそうなる。おまえの妹のプリティ・ローラもな」

トム神父は顔を上げた。ピンと目を合わせたが、それでも何も言わなかった。

「彼女はおれ自身で殺す」

ピンは請け合った。

「この銃でな」

葬儀屋助手はコートの下からピストルをとりだした。そこにショルダーホルスターを身につけているのは明らかだった。薄暗いなかのこの距離からでも、ピストルの銃身が異常に長いのがわかった。

おれは思わずポケットに手をやり、グロック17をにぎった。

「彼女は関係ない」

神父がようやく口を開いた。

「そうはいかない。彼女だって……まあ、おもしろいことになるぞ」

ピンは言った。

「殺す前に、おれはローラをレイプする。最近はちょっとおかしくなっているが、まだ美人だからな、彼女は」

ローラ・エリオット、おれの母さんの同僚であり、友達だった。もちろん美人である。おれはもう何年も会っていないが、彼女の顔はすぐに思いだせる。アシュドン大学を追われるようにやめたあと、彼女はサンディエゴのどこかに職を得たらしかった。別れのあいさつに来なかったことで、おやじも母さんもちょっとむくれていたが、彼女から手紙をもらってそのことを知ったのだった。しかし、それはあくまでも表向きの説明で、どうやら彼女はいまでもサンディエゴのどこかで、自分の意思に反して身柄を拘束されているらしかった。

トム神父は、ようやく二度めの声を発した。

「神のお恵みを」

「おれに恵みなど必要ない。この銃口をあの女の口に突っこんで引き金をひく前に、おれは言ってやる。兄貴もすぐ行くってな」

「神よ、救いたまえ」

「え、なんだって、神父?」

ピンはあざけるように訊いた。トム神父は答えなかった。

「〝神よ、救いたまえ〟って言わなかったか、おまえ?」

ピンは神父をからかった。

「〝救いたまえ〟だと？　ありえないね。おまえはもう主の僕《しもべ》ではないんだからな、違うか？」

この意味深な言葉を聞いて、神父はうしろの壁に背をあずけ、両手で顔をおおった。はたして彼が泣いているのかどうか、おれには判定がつかなかった。

「おまえの妹のかわいらしい顔を思い浮かべろ」

ピンが続けた。

「それから、彼女の骸骨がゆがむ瞬間を想像するんだ。脳てっぺんが吹っ飛ぶんだぞ」

葬儀屋手伝いは、そう言いざま、天井に向かってピストルを一発ぶっ放した。銃身が長く見えたのはサイレンサーが付いていたためだった。音は決して小さくなかったが、まるで椀をたたくようなにぶい音しかしなかった。

しかし、弾は、葬儀屋手伝いの頭上に吊りさがる長方形の金属照明器具に当たり、〝バシャン〟というものすごい音をたてた。蛍光灯は切れなかったが、鎖の先の明かりが激しく揺れた。ピンは動かなかったが、右に左に揺れる光を受けて、彼の骨と皮だけの影がカラスの飛行のように部屋の床を行ったり来たりした。ピンはそのあとでピストルをコートにしまった。

揺れつづける照明器具はギーギーと不気味な音をたてていた。

音と影の飛行がジェシー・ピンをさらに興奮させたようだった。人間の声とも思えない気味悪い叫びがピンの口から吐きだされた。

「アチョー！」

こんな声を夜中に聞いたら、誰でも眠れなくなってしまうだろう。声を張りあげると同時に、ピンはこぶしを神父の腹部にめり込ませた。さらに力いっぱいのパンチを二発つづけた。

おれは天使の像から一歩後退すると、あわててグロック17を取りだそうとした。が、銃の先が裏地に引っかかってなかなか取りだせなかった。

神父はパンチを食らってよろめいた。ピンは神父の腕を首のうしろまでねじり上げた。

神父は両ひざをガクンと床の上に落とした。おれはようやくピストルを取りだすことができた。

ピンは神父の肋骨をけりあげた。

おれは拳銃を上げ、レーザー照準をピンの背中に合わせた。レーザー光線の赤い点が両肩甲骨のあいだに映ったとき、おれは〝やめろ！〟と言いかけた。が、その前に、葬儀屋手伝いは斜め横に一歩しりぞいた。

おれは沈黙をつづけた。ピンの話もつづいていた。

「協力したくないなら、おまえはやっかい者になるだけだ。足を洗いたいなら、こっちのじゃまはするな！」

それがどうやらピンの捨てぜりふらしかった。おれはレーザー照準のスイッチを切り、葬儀屋手伝いがトム神父に背を向けたところで、天使の像から離れた。ピンはこちらには顔を向けなかった。

照明の鎖がまだギーギー鳴るなか、ジェシー・ピンはもと来た道を戻りはじめた。鎖の音は天井からするのではなく、ピンの体じゅうにたかる虫が発しているように聞こえていた。ピンの影は彼の前に飛んではうしろに跳ね返っていた。やがて彼は角を曲がり、L字型の部屋の暗がりに入っていった。

おれは拳銃をジャケットのポケットに戻した。

模型人形の陰から、おれはトム・エリオット神父の様子を見守った。神父は胎児のような格好で階段の下にうずくまり、痛む腹部を両手で押さえていた。

おれは行って、神父の容体が深刻な状態なのかどうか確かめたかったが、なぜかこの場で出ていくのはまずい気がして、暗闇での観察をつづけた。

ジェシー・ピンの敵はおれの味方のはずだ。だが、おれはトム神父の素性をはかりかねた。神父と葬儀屋手伝いは対立していたが、なにやら謎めいた世界では共演者らしくもある。おれが今の今まで知らなかった世界だ。だから見えないところで、ふたりは、おれの入りこむ余地がないほど結びついているのかもしれない。おれの姿を見るや、トム神父がジェシー・ピンを呼ぶこともありうる。そんなとき、葬儀屋手伝いは黒いスーツをはためかせ、奇声をあげて、背後から襲ってくるのだろう。

それに、ピンとその仲間が神父の妹を人質に取っているようだ。妹さえ押さえておけば、連中が神父をあやつるのは簡単なはずだ。ところが、おれの掌中にはなんの決め手もない。

毒づくでも、うめくでもなく、神父はひとりでよろよろと立ちあがった。しかし、完全には立てず、類人猿のように前かがみになり、片手で手すりを支えにしながら階段を一歩一歩のぼっていった。その丸顔から喜劇の雰囲気はすっかり消えていた。

キーキーと鳴る階段をのぼりきったところで、神父は照明を消し、おれは暗闇にとり残される。その様子を見たら、聖ベネディクトすら不気味に思うだろう。しかし、そのときその瞬間をとらえておれは脱出するんだ。

等身大の人形たちから離れていく前に、おれはふと目を上げ、いままで隠れ蓑《みの》に使っていた天使の顔を見た。目の光がおれと同じだった。薄明かりのなかだったが、よく見ると、人形の顔がおれとそっくりだった。

おれは頭のなかがまっ白になった。どうしておれにそっくりの人形がこんなところにあるのか、納得のいく説明が欲しかった。パニックで思考が混乱しているためなのか？

おれは明るいなかで自分の顔を見たことがあまりない。それでも、自分の顔は知っているつもりだ。この部屋の照明も、おれがよく鏡に向かうときと同じくらいの明るさだ。だから、勘違いなどではない。この人形は、間違いなくおれをモデルに作られている。多少美化されているが、おれそのものだ。

病院のガレージでの一件以来、すべての出来事に何かうかがい知れぬ含みがあるように思えてならない。偶然の一致だなどとのんきなことを言っている場合ではない。世界はどうなってしまったのだ。のぞくところすべてが不吉さに満ち満ちている。

自分の人生すべてが何者かにあやつられている。しかし危ない、危ない。こんなふうに考えるのは狂気の始まりでもある。ひとりの人間がそんな大きなスケールで他人を支配することなどできないというのが常識人の考えだ。人間は、そんな冷酷さには徹しきれない動物なのだ。むしろすぐパニックになり、なんでもぺらぺらしゃべってしまうのがわれわれである。もしこの宇宙に人の運命を定める秘密が隠されているとしても、それは神の領域であり、人間の手が届くものではない。そう理解する能力すらないのが人間なのかもしれない。

神父が階段の下から三分の一ぐらいのところをのぼっていた。

おれはあぜんとして人形を見つづけた。

クリスマスシーズンが来ると、おれは毎年、聖ベルナデット教会あたりをサイクリングする。教会前の芝生の上にはいつもキリスト生誕シーンの人形が飾られる。人形たちはもちろん正しい位置におかれている。肛門医じゃあるまいし、ラクダの尻をのぞいている賢者などはいない。だが、この天使を見るのは初めてだ。それとも、おれが気がつかなかっただけなのだろうか？キリスト生誕人形たちはいつもライトに照らされているから、それでおれがよく見なかったのかもしれない。

神父は階段の半分をのぼりきり、歩を速めていた。

思いあたることがあった。アンジェラ・フェリーマンも聖ベルナデット教会のミサには参加していたはずだ。人形作りが得意な彼女は、キリスト生誕人形作りのボランティアを買って出たにちがいない。

人形のミステリーはこれで終わりだ。

それにしても、彼女がなぜおれの顔を天使に当てはめたのか、そこが理解できない。おれにふさわしい役回りがあるとしたら、ロバあたりがせいぜいだろう。天使とは、ずいぶん買いかぶられたものだ。

いやでもアンジェラのあのときの様子がまぶたに浮かぶ。おれがバスルームで最後に見たアンジェラ。アンドロメダよりも遠くを見るような動かなくなった目。曲げた首をトイレの上に、のどはかき切られていた。

そのときおれはハッと気づいた。哀れなアンジェラの遺体に関して重大なことを見落としていた。あのときは血が逆流してしまい、ショックと悲しみと恐れが先行して、アンジェラの状態をまともに観察できなかった。ちょうど教会の外に陳列された明るいキリスト生誕人形をまじめに鑑賞できなかったように。おれはあのとき決定的なカギを目撃していたのだ。ただ、それが意識に登録されず、いまになって潜在意識の奥からとつぜん顔を出したというわけである。トム神父は階段をのぼりきっていた。そこで彼は急に泣きだした。

あのときのアンジェラの顔を頭に浮かべるのがつらい。それはまた別の機会にゆずろう。天使からラクダへ、ラクダから賢者へ、ヨセフへ、ロバへ、聖母マリアへ、子ヒツジへ、おれは人形のあいだを歩き、ファイルキャビネットやダンボール箱の横を通って倉庫の出口へ向かった。

コンクリートの壁に反響する神父のくやしそうな泣き声は、この世のものとも思えない叫びに変質して聞こえた。

おれは思わず暗い気持ちになって、母さんが死んだ夜にマーシー病院の霊安室で泣いたおやじの苦しそうな叫びを思いだした。

どうしてか理由は自分でも分からないのだが、おれ自身は苦しみも悲しみもめったに外に出さない。こういう叫びを聞いたときは、歯をかみあわせ、叫びのエネルギーを黙ってのみ込んでしまう。

だから、夜中にときどき目を覚まし、歯ぎしりのし過ぎであごが痛いときがある。きっと夢のなかで声を出すのが怖いのだろう。葬儀屋手伝いが待ち伏せしていることをなかば覚悟しながら、おれは教会の地下室を出ていった。あのロウのように青ざめた顔、血マメ色をした目がいまにも暗がりから飛びだしてきそうだった。

しかし、進行方向にピンの姿はなかった。

外に出ると、オーソンがうれしそうにこちらにやって来た。いままで墓石の陰に隠れていたらしい。その様子から判断すると、葬儀屋手伝いはすでにどこかへ行ってしまったようだ。

オーソンは興味深そうな目でおれを見つめた――あるいは、おれがそう解釈しただけなのか。おれはさっそくオーソンに語りかけた。

「何がなんだかさっぱり分からん。あの神父とピンの関係はどうなっているんだ？　ふたりの裏に何があるんだ？」

オーソンがとぼけた顔をしていた。とぼけるのが彼の天賦の才なのである。

「これは本当なんだ」

おれはそう強調してから、自転車のところへ戻った。オーソンもおれの横についてきた。自転車を見張ってくれていた花こう岩の天使像は少なくともおれの顔はしていなかった。

さっきまで枝葉をゆらしていた強風は心地よいそよ風に変わり、カシの木からも風の音は聞こえてこなかった。

銀色の月の手前を通る透かし彫りの雲も、やはり銀色に見えた。

煙突に巣を作っているツバメの一団が教会の屋根から飛びたち、墓地の木に舞いおりた。葬儀屋手伝いがいなくなってやっかい払いができたとでも言いたげに、ナイチンゲールの一団も墓地に舞い戻ってきた。

自転車を押しながら、おれは墓石のあいだをゆっくりと歩いた。

「〝……暗闇がそのまわりで固くなり、ついに地面となる……〟これは偉大な詩人ルイーズ・グルークの一節だ」

オーソンは分かったと言わんばかりに、クンと鼻を鳴らした。

「ここで何が起きているのか皆目分からないけど、どうやら大勢の命が犠牲になりそうだ。おれたちと親しい人たちも犠牲になるかもしれない。おれだっておまえだって例外じゃないぞ」

オーソンは深刻そうな目でおれを見上げた。

おれは墓地の向こうに見えるわが町並みをながめた。墓地よりも町並みのほうがはるかに気味悪く見えた。

「ビールでも飲むか」

おれはひとことそう言って、自転車にまたがった。オーソンはうれしそうに犬のダンスを踊りながらついてきた。とりあえずおれたちは、死者をあとに置いていくことにした。

BOOK THREE

真夜中

第十八章

ボビーのようなこだわり屋の住まいには、コテージが似合っている。湾に突きでた岬の最先端に建つその建物の周囲一キロ以内には一軒の家もない。ポイントブレイクの波が岬の突端を洗う。

町から見ると、ボビー・ホールウエーの家の明かりだけが、湾の内部沿いに広がる町明かりから突きだしているため、沖に停泊しているヨットのように見える。この地の住人にとっては、ランドマーク的存在のコテージなのである。

コテージが建てられたのは四十五年前、海岸沿いの建築物に対して、うるさい規制がなかったころである。以後、近所に家が建たなかったのは、湾の内側の天候のもっとおだやかなところで、安価な宅地が多量に供給されてきたからだ。それに、町に近いほうが水道、電気などの生活必需設備が供給されやすいという理由もあった。

そして、内側の住宅地がめいっぱいになり岬に向かって広がろうとするときに、各種の規制がかぶせられ突端には家が建たなくなってしまった。

法律の陳腐な条文のおかげで、コテージはとり壊されずにすみ、やがてボビーの所有物になったというわけである。おれはここを死に場所に決めている、とボビーは波の音に囲まれながら言ったことがある。だが、建物がもつのはせいぜい次の世紀の半ばごろまでだろう。

突端まで通じている舗装道路も砂利道もない。岩が露出する草ぼうぼうの自然道があるだけだ。

湾を囲うように突きでる岬は、荒れ狂った地球創世期の遺物である。湾の部分が火山のクレーターに当たり、クレーターの周囲の一部が岬として残ったわけだ。岬の根もと部分の幅は百五十メートルほどあるが、突端部分に行くにしたがい細くなり、先端の幅は三十メートルぐらいしかない。

　ボビーの家に向かう自然道を三分の二ぐらい行ったところで、おれはペダルがこげなくなり、降りて自転車を押していくしかなくなった。ごつごつと突きでた岩以外は、足首まで埋まるほどのやわらかい砂で、ボビーの四輪駆動車ならいざ知らず、自転車でスイスイとはとてもいかなかった。

　自然道はいつも静かで、ここに来ると思わず瞑想したくなる。今夜の岬も澄みきっているが、いまのおれの目には月の岩のようになじみのないものに見えて仕方なかった。誰かにつけられてはいまいかと、おれは何度もうしろをふり返った。

　コテージはチーク材で建てられた平屋である。屋根は杉材で葺《ふ》かれている。風雪に耐えて銀色と化した外側は、恋人に肌をなでられる女のように、月の光を全面に受けていた。コテージの三面を奥行きのあるベランダがとりかこみ、ベランダにはロッキングチェアや長椅子がたくさん置かれている。

　木は一本も生えていない。風景を構成するのは、海と砂と野性の草だけである。とにかく、視界をさえぎるものは何もなく、空と海とムーンライト・ベイの町の明かりがよく見える。町までは一キロしかないが、ここからだとはるかかなたに見えるから不思議だ。

　おれは気を静めるために、貴重な時間を少し費やすことにした。自転車をベランダの手すりに立てかけてから、コテージをやり過ごして、突端の崖っぷちまで行った。そこから十メートルほど下ると波打ちぎわになる。

おれは崖のてっぺんに立った。オーソンも一緒だった。

海は静かだった。こんな波でサーフィンをしたら、よっぽどハードにパドルしなければ波はつかまらないだろう。乗れたとしても、ほんの短いあいだだ。月末にもかかわらず、まるで小潮のようだ。それに海風だから、波のブレイクの仕方が性急で、海面は小いそがしく荒れている。それ以外、町は死んだように静かだ。

波がいちばんきれいになるのは、風が陸から海に向かって吹くいわゆる〝オフショア〟のときだ。波頭からは白い泡がとびちり、波は掘れたまま浅瀬に向かい、なかなかブレイクしない。こういう波にめぐまれたとき、サーファーは恍惚となる。

ボビーとおれは十一歳のときからサーフィンをやってきた。日中は彼ひとりで、日没後はふたりでやった。月夜には、大勢のサーファーが夜間サーフィンを楽しむが、月が出ていないと人数はぐっと減る。でも、ボビーとおれは、星も出ないような嵐の夜の海がいちばん好きだった。

おれたちは〝地元サーファー〟風を吹かせる典型的ないじわる〝ロコ〟で、よそ者をよくいじめたりしたが、そういうのはすべて十四歳までに卒業して、それからすぐに〝波キチ〟高校生になっていた。ボビーは普通に高校を卒業して、おれは自宅学習で卒業資格をもらった。現在のボビーは、〝波キチ〟を通り越して、〝波プロ〟である。次にどこで波がブレイクするか、みんなが彼に訊きにくる。

ああ、おれは夜の海が大好きだ。暗さのしみ込んだ液体。この世界に、黒いうねりほどおれが落ちつける場所はない。大海原のなかで浮かびあがる唯一の明かりは、発光性のプランクトンだ。ゆられると、波をうす気味悪いライムグリーンにそめる。だがその輝きは、おれの目にはとてもやさしい。夜の海には、おれが隠れなければならないものや、目をそむけなければならないものは何もない。

コテージに戻ると、開いた玄関ドアの前に、ボビーが立って待っていた。ふたりのつき合いから、彼の家の照明にはすべて光量調節スイッチがついている。ボビーはいま、その光をロウソクのレベルにまで落としてくれていた。

おれが来たのがどうして分かったのか不思議だった。おれもオーソンもいっさい音をたてなかったのに。ボビーはどういうわけかカンがいいのだ。

三月だというのに彼は裸足だった。だが、水着ではなくちゃんとジーンズをはいていた。シャツはアロハである。もっとも、彼はこれ以外のスタイルをしたことがない。寒い季節になっても、オウムとヤシ模様の明るいシャツの上に、長そでのセーター類を重ね着するだけだ。

ベランダへの階段をのぼりながら、ボビーはサーファー同士のあいさつ〝シャカ〟を送ってよこした。『スター・トレック』でやるあいさつよりはずっと簡単なやつだ。人さし指、中指、薬指の三本だけでこぶしを作り、親指と小指を突きだして手をゆっくり振ればいいのである。この意味するところは広い。〝ハロー〟〝どうしたんだ〟〝気楽にやれよ〟〝すげえライディングだ〟などなど、サーファーに向けてやる場合、常に友情を意味する。だが、相手を間違えるととんだことになる。同じジェスチャーを、ロサンゼルスの少年ギャングにしてみたまえ、問答無用で射殺される。

おれは、夕方から起きたことを早く話したくてうずうずしていたが、ボビーは何ごともののんびりやるのが好きだ。これ以上ゆっくりしていたら死んでしまうほど悠長にかまえる。波に乗るとき以外の彼はひたすら平静さを好む。ボビーと友達づきあいをするには、彼のこのスタイルを受け入れるしかない。ビーチから半マイル離れた出来事には関心がなく、どんなことが起きても、ネクタイをするほどかしこまったことがない。会話には、単語の羅列で答える。直接的な表現よりも遠まわしな言い方を好む。

「ビールを飲ませてくれ」

おれが言うと、ボビーは答えた。

「〝コロナ〟、〝ハイネケン〟、〝ローエンブロイ〟」

「コロナをもらおうかな」

居間を横切りながらボビーが言った。

「しっぽをつけてるヤツも何か飲むのかな？」

「あいつには、〝ヘイニー〟がいいと思う」

「〝ライト〟？　〝ダーク〟？」

「〝ダーク〟」

おれは彼流に答えた。

「今夜はなにか特別な苦労でもさせたのか？」

「ああ、骨の髄までな」

コテージは広い居間と、彼が世界とインターネットで会話するオフィス、それに、寝室と、キッチンと、バスルームから成り立っている。壁のチーク材はよくオイルをふくみ、黒々としている。窓は大きく、床はスレート、家具はどれも使い心地がいい。

室内を飾るのは、壁にかかっている計八点のみごとな水彩画だけである。ボビーが夢中だった女流画家ピア・クリックの作品だ。彼女はボビーを捨てて、ハワイ、オアフ島のノースショアにあるワイメアベイに移り住んでしまったが、ボビーはいまだに彼女を愛している。当時ボビーは、一緒に行きたいと言ったのだが、ピア・クリックは、彼女が心のふるさとと呼ぶワイメアにはひとりで行きたいの、と言い張ったのだった。ワイメアの調和のとれた美が、運命に従って生きるべきかどうか決める際の彼女の気持ちを静めてくれるのだという。その話を聞いたとき、おれには何がなんだかさっぱり分からなかった。ボビーも同じだった。ひと月かふた月行ってくると言って出かけたピアだったが、あれから、かれこれ三年が経つ。

ワイメアのうねりは途方もなく深い海からやってくる。だから、波は壁のように高くなる。それをピアは、透明な緑の宝石と呼ぶ。おれもいつかそんな海岸を歩き、雷鳴のような波のとどろきを聞いてみたいものだ。

ボビーとピアは一月に一度ぐらいお互いに電話をかけ合っている。話を二、三分で済ませるときもあれば、何時間も受話器にしがみついていることもある。彼女のほうもほかの男性を見つけたわけでもなく、いまでもボビーを愛している。ピアは、おれの知るかぎり、世界一やさしくて、他人思いで、頭のいい女性だった。だから、おれには、彼女がどうしてこんな宙ぶらりんなことをしているのかさっぱり分からないのだ。ボビーも同様である。そうこうしているうちに年月だけが経っていく。ボビーは辛抱づよく待っている。

キッチンでボビーは冷蔵庫からコロナのボトルをとりだし、それをおれにくれた。

おれはビンの栓を抜き、ゴクリとひと口飲みこんだ。ライムも、塩もなし。もったいぶりはいっさい抜きである。

彼はオーソンのためにハイネケンの栓を抜いた。

「半分？　全部？」

ゾッとするニュースを腹に抱えているにもかかわらず、おれはボビーランドの熱帯のリズムに乗せられていた。

「今夜は特別なんだ」

ボビーはボトルの中身を、彼がオーソン用にいつも用意してあるエメラルド色の金属のボウルに注いだ。ボウルの底には、オーソン・ウェルスの『市民ケーン』に出てくる謎の言葉〝バラのつぼみ〟の文字がブロックレターで書かれている。

おれの忠実な相棒をアル中にするつもりはなかった。彼は毎日ビールを飲んでいるわけではない。それに、飲むときはたいがいおれと分けあって飲む。とはいえ、オーソンにはオーソンの楽しみがあり、その楽しみをとりあげるつもりはおれにはない。彼のかなりの体重を考慮すれば、ビール一本で酔いつぶれるとは思えない。もっとも、二本も与えたら、人前で吠えるわ、千鳥足になるわで、〝パーティーアニマル〟なる看板は降ろさなければならなくなるだろう。

オーソンがハイネケンをペロペロと飲んでいるあいだに、ボビーは自分用にコロナのボトルを開け、冷蔵庫に寄りかかった。

おれは流しの横のカウンターに寄りかかった。キッチンにはテーブルも椅子もあったが、どういうわけか、ここに来るとおれたちはなぜか何かに寄りかかりたくなる。

おれたちはいろいろと似ている。身長も同じだし、体重も体型もだいたい同じだ。ただ、ボビーの髪の毛は黒褐色で、目は黒い。違いはそこだけだ。それでもおれたちはよく兄弟に見られる。

おれたちはふたりとも、足にサーファーこぶを作っていた。冷蔵庫に寄りかかりながら、ボビーは片方の足のひらでサーファーこぶをなでていた。これは、サーフボードをたえず押さえつけているためにできるカルシウムの沈殿によるこぶである。うつ伏せの姿勢でパドリングを長くつづけていると、爪先や足の甲にできることもある。ボビーはそれを肋骨にまで作っている。おれは、当然だが、ボビーのようには日焼けしていない。彼の場合、日焼けなどというものではない。これ以上、黒くはならないくらい黒くなって、夏などはバターをたくさん塗ったトーストのようだ。いつか彼は皮膚ガンで死ぬかもしれない。おれと同じように。

「今日は信じられないようないい波が来ていたぞ。百八十センチ。完璧なやつだ」

ボビーが波の様子を話した。

「今はおさまっちゃってるみたいだな」

「ああ。日暮れごろから凪《な》ぎだしたんだ」

おれたちはビールを飲み、オーソンは幸せそうにペロペロやっていた。

「おまえのおやじが死んだんだってな」

おれはうなずいた。きっとサーシャが彼に知らせたのだろう。

「それはよかった」

「うん」

ボビーは残酷なわけでも、無神経なわけでもなかった。おやじがもう苦しまなくてすむ、という意味でそう言ったのだ。

おれたちのあいだでは、多くを語る必要はなかった。だからみんながおれたちのことを兄弟と勘違いするのは、体つきが似ているからだけではなかった。

「死にぎわには間に合ったんだってな。よかったな」

「ああ」

ボビーはその後のことを訊かなかった。葬儀その他の手続きでおれが大変なことを知っているからだ。おれはススだらけの手をススだらけの顔にもっていった。

「誰かがアンジェラ・フェリーマンを殺して、彼女の家に火をつけたんだ。おれももう少しであの世行きになるところだったよ」

「誰かって誰だい？」

「それが分かればいいんだが。おやじの遺体を盗んだ連中さ」

ボビーはビールをゴクリとやっただけで、何も言わなかった。

「連中はヒッチハイカーを殺して、おやじの遺体とすり替えたんだ。こんな話、聞きたくないか？」

しばらくのあいだ、ボビーは知らずにすます知恵と、好奇心の誘惑を、てんびんにかけた。

「聞いても、必要ならすぐ忘れるさ」

オーソンがゲップをしてから、しっぽをふりふり、もっとビールをくれないかと言いたそうな目でこちらを見上げた。それに対してボビーが言った。

「おまえの分はそれだけ」

「おれにも何か食わしてくれないか」

「がっついてるじゃないか。シャワーでも浴びて、おれの服を着てこいよ。一緒にタコスでも食うから」

「ひと泳ぎしたほうがきれいになると思って」

「今日は鳥肌が立つほど冷たいぞ」

「十五度ぐらいだと思うけど」

「おれは毎日水温を測っているんだ。四の五の言わないでシャワーを浴びてこい」

「オーソンのやつも汚れてるんだ」

「だったら一緒に浴びろ。タオルはいっぱいあるから」

「それは〝グローリー〟なことだ」

おれは言った。〝グローリー〟とは〝ブラザーリー〟のことで、兄弟のように思いやりがあるということである。

「ああ、そうだよ。ただし、おれはもう波乗りじゃないからな。ただ波の上を歩いているだけさ」

ボビーの王国に来て数分もたつと、おれはすっかり落ちついた気分をとり戻していた。ボビーは愛すべき友であるばかりでなく、おれにとっては鎮静剤なのである。そのボビーが突然、冷蔵庫から身を離すと、耳をすますように首をかしげた。

「何か？」

おれが訊くと、彼はすぐ答えた。

「誰かいるぞ」

おれには風の音以外なにも聞こえなかった。窓が閉まっていたし、海も凪いでいたから、波の音も届いてこなかった。しかし、オーソンが緊張しているのは分かった。

ボビーはキッチンから首を伸ばして、あちこちに目を走らせた。

「これを」

おれはそう言って、ボビーにグロック17を渡した。ボビーは疑わしそうにピストルを見つめてから、おれのほうを見た。

「気楽にいけよ」

「ヒッチハイカーの目をくりぬいた連中なんだぞ」

「なぜ？」

おれは肩をすぼめた。

「そういう連中なのさ」

ちょっとのあいだ、ボビーはおれの言ったことを考えていた。そして、ジーンズのポケットからカギをとりだし、クローゼットのドアを開けた。おれの記憶に間違いがなければ、そんなところに錠はないはずだった。せまいクローゼットのなかから、ボビーはピストルグリップのついたポンプアクション式の散弾銃をとりだした。

「新品じゃないか」

おれは言った。

「防虫剤さ」

いままでのボビー王国らしからぬ品物である。おれは思わず言った。

「気楽にいけよ」

おれはオーソンと一緒に、ボビーのあとにつづいて居間を横切り、正面のベランダに出た。海風が炭酸ソーダのようなにおいを運んでいた。

コテージは北向きに建てられていた。湾に浮いている船はなかった。少なくとも、灯をつけている船はなかった。東に目を向けると、海岸沿いに民家の明かりがきらめき、それが丘の上にまでつづいている。

岬の突端の砂丘と草むらは、月光にそまって凍っているように見えた。周囲に人影はなかった。

オーソンは階段の上に立ち、首を伸ばして何かのにおいを嗅ごうとしていた。

ボビーは自分の第六感を信じているようだった。犬のほうなど見ずに言った。

「おまえたちはここにいろ。誰か来ていたら、とっちめてやるから」

ボビーは裸足のまま階段を下り、砂丘を横切り、波打ちぎわにつづく急斜面をのぞいた。誰かが斜面に身をふせて、コテージを見張っているかもしれなかった。

ボビーは突端へ向かいながら、斜面のすそに沿って歩いた。途中、一歩進んでは眼下の波打ちぎわをのぞき、自分と家とのあいだに侵入者がいないことを確認していた。両手でショットガンをかまえると、その捜索の仕方は軍隊仕込みだった。

どうやら、家のまわりの捜索は、彼にとっては初めてではないらしかった。最近、不審な侵入者に悩まされていることを、おれに話さなかっただけである。深刻な問題が起きると、いつもおれに相談していたボビーなのに。おれはその点が不思議だった。

〈彼はいったい、なんの秘密を隠しているんだ?〉

第十九章

手すりの小柱のあいだに鼻をつっこみ、オーソンはウーッと低くうなりながら、ボビーのほうではなく、町の方角に鼻をきかせていた。

おれはオーソンの視線の先に目を走らせた。たまたま雲にさえぎられていなかった月明かりの下で、おれの目には不審な動きは見えなかった。

オーソンはのどを震わせてうなりつづけた。

西側では、ボビーが突端に到着していた。まだ斜面のへりに立って、下のほうを調べていた。彼の姿は見えてはいたが、海も空もまっ黒のなかで、灰色の輪郭が確認できるだけだった。おれがちょっと別の方角を見ているあいだに、彼が声も出せないほど急に襲われたということもありうる。したがっていま、突端をまわり、岬の南のへりをコテージに向かってくる灰色の影が、ボビーでないオーソンに向かっておれは言った。

うなりつづけるオーソンに向かっておれは言った。

「あまりおどかすなよ」

目をこらして見たが、オーソンがさかんに関心を向ける東の方角には、人影も不審な動きもなかった。動くものと言えば、風にゆれる草ぐらいだった。風はしかし、砂を吹きあげるほどは強くなかった。

オーソンはうなるのをやめ、ベランダの階段を下りはじめた。さては、何か見つけたのかと思いきや、階段から左に二、三歩行ったところで止まると、うしろの片足を上げ、砂の上に小便をたれた。

ベランダに戻ってきたオーソンは、ふたたび東の方を向き、今度はうなったりせず、キャンキャンと鳴きはじめた。あきらかな緊張が彼のわき腹を伝わっていくのが見えた。

彼のこの変化に、おれは急に心配になりだした。やかましく吠えるよりも不気味だった。おれはベランダをにじり寄って、コテージの西の角に来た。そこからなら前庭も見られたし、ボビーのほうにも目が配れた――もっとも、灰色の人影がボビーならの話だが――。いぜんとして、南側斜面を歩きながら、ボビーはやがて家の影に隠れて見えなくなった。

オーソンの鳴き声がやんだのに気づいて、彼のほうに目を向けると、彼はいつのまにか、そこからいなくなっていた。

暗闇のなかで何かを見つけて追いかけていったのだろうとは思ったが、音もたてずに飛びだしていくとは彼らしくなかった。おれはベランダを、前いた位置にまで戻って周囲に目をこらしたが、オーソンらしき影は見えなかった。

そうこうしているうちに、開いた玄関ドアの奥で、外のほうをしきりに警戒しているオーソンを見つけた。彼は敷居の内側の居間の入り口にまで退散していた。耳をダランと垂らし、頭を下げ、首のまわりの毛は電流にでも触れたかのように逆立っていた。もう、うなっても鳴いてもいなかったが、わき腹には震えが走っていた。

オーソンは決して愚か者ではない。臆病者でもない。ただ複雑なだけだ。彼が居間にまで退散したのには、それなりの理由があるはずだ。

「どうしたんだい、親友？」

ちらりとこちらを見たが、おれだと気づかないらしく、オーソンはベランダの向こうの不毛の風景に気をとられていた。黒い唇を引いて牙を見せるが、うなってはいなかった。あきらかに攻撃の姿勢は示していない。そのむき出した牙はむしろ、不快感や、嫌悪感を表わすものだった。

ふたたび見張りに戻ったおれの目の端に、人の動きが映った。腰をかがめ、コテージの外を東から西に大股で横切っていったように見えた。おれから十五メートルくらい離れた、ビーチへつづく急斜面のへりだった。

おれはグロックを抜き、人影のほうに向きなおった。男は砂のなかに消えてしまったのか、それとも幽霊だったのか。

もしかしたら、葬儀屋手伝いのピンではないか、と一瞬おれは思った。いや、そんなはずはなかった。オーソンはジェシー・ピンごときを恐れるような臆病者ではない。

おれはベランダを横切り、木の階段を三歩下りて砂の上に立った。それから周囲を注意深く見まわした。

砂のあちこちに密生する背の高い草葉が風に吹かれて揺れていた。湾の向こう、遠いところで、民家か船の明かりがちらちらしていた。動きらしいものはそのくらいだった。

ミイラの乾いた顔からボロボロの包帯をはがすように、細長い雲が月のほほからほどけていった。

目の端に入った男の姿は、単なる雲の影だったのだろうか。もしかしたらそうかもしれないが、おれは違うと思った。

おれはうしろをふり返った。オーソンはさっきよりもさらに奥に引っこんでいた。今夜の彼はまるで落ちつきがなかった。

落ちつきがないのは、おれも同じだった。

星にも、月にも、砂にも、草にも落ちつきがなかった。それに、おれはずっと誰かに監視されているような気がしてならなかった。ビーチにつづく急斜面からか、砂のくぼみからか、草葉のあいだからか、きっと誰かがこちらを見張っている！

その見張る目には重みがある。それが波のように連続して押しよせてくる。おだやかな波ではなく、身長の二倍もありそうな、サーファーを目の敵にする殺人的な大波だ。

毛を逆立たせているのはオーソンだけではなくなった。ボビーの捜索が時間を食いすぎるとおれがちょうど心配しはじめたとき、彼はコテージの東の端に現われた。こちらに近づいてくる彼の足は砂だらけだった。おれのほうは見ようとせず、彼は油断できない様子で緊張の目を砂浜から砂浜へ走らせていた。

「オーソンが毛を逆立ててびくついているぞ」

おれが呼びかけると、ボビーらしい答えが返ってきた。

「おまえは犬を信じすぎる」

「体じゅうの毛を逆立てているんだぞ。こんなことは初めてだ。ガッツのある犬がだぞ」

「ほう、そうかい。むりもない。おれだって鳥肌を立てているんだから」

「誰かいたのか？」

「ああ。でもひとりじゃないな」

「誰なんだい？」

ボビーは答えなかった。ただ、銃をにぎりなおして、いつでも撃てるように構えながらひきつづき周囲の暗闇を捜索していた。

「前にもあったことなのか？」

おれはそこが知りたくて訊いた。

「ああ」

「なんの用事なんだ？　そいつらは何が欲しいんだ？」

「分からねえ」

「何者なんだ、そいつらは？」

おれが訊いても、ボビーは答えなかった。

「ボビー？」

おれは答えを催促した。

月明かりを受けて灰色にかすむ数百メートル四方の大きなかたまりが、太平洋の北から南に広がり、暗闇のなかに溶けつつあった。こちらにやって来るにしろ、ひと晩じゅう沖に止まっているにしろ、巨大な霧のかたまりは静寂のなかでその先端を拡大していた。ペリカンの一隊が音もたてずに半島を低空飛行してから、海上の暗闇のなかへ消えていった。おだやかな波が浜にくだける気だるい音が子守歌のようにやさしく聞こえていた。

そのとき、岬の突端のほうで、水鳥の鳴き声のような気味の悪い叫びが、深まる静寂をやぶった。それに応える叫びが、コテージの近くの砂浜からあがった。突端から聞こえてきた叫びも同様に、けたたましくて不気味だった。

おれは古い西部劇映画のなかの、インディアンの雄叫《おたけ》びを思いだした。入植者の幌馬車を襲う前、インディアンたちはこんな声で互いに合図しあっていた。

〝バーン〟

ボビーは近くの砂山に向かって一発ぶっ放した。おれはびっくりして、大動脈を吹っ飛ばしそうだった。

銃声が湾にこだまして、その残響が完全に消えたところでおれは言った。

「なぜ撃ったんだい？」

おれの問いかけに答えるかわりに、ボビーは二発めを撃ち、暗闇に耳をすませた。

おれは、トム・エリオット神父を脅すために葬儀屋手伝いのピンが天井に向けてぶっ放したときの銃声を思いだした。

奇妙な叫び声がもう上がらなくなったところで、ボビーが言った。自分自身に向かって話すような口調だった。

「まあ必要ないかもしれないが、至近弾で怖《お》じけづかせておくのも無駄ではないだろう」

「誰を追っぱらったんだい？」

ボビーが謎めいた男であることは昔からよく知っているが、これほど不可思議な彼を見るのははじめてだった。

砂浜はひきつづき彼の注意を呼びつづけた。しばらくそちらに気をとられてから、ボビーは思いだしたようにおれのほうに顔を向けた。

「さあ、家のなかに戻ろう。おまえはデンゼル・ワシントンみたいな変装を洗い落とせ。おれはうんとカラシの利いたタコスでも作るか」

おれはあまりしつこく訊かないことにした。おれをわざとじらせるためか、不気味な男を演じきろうとしているのか、それともおれにも明かせない秘密でもあるのか、ボビーは自分を謎の霧で包もうとしていた。まるで巨大な波の完全なチューブのなかをくぐり抜けているときの彼のように、神秘的で手が届かない存在になりきっていた。

彼のうしろに従って家に入るには入ったが、おれはまだ監視されているような気がして落ちつかなかった。それをいままでの事件と重ねて考えると、カニに背中をはわれるように背すじがゾクゾクした。ドアを閉める前、おれはもう一度周囲の暗闇を見まわした。だが、侵入者の顔が見えるはずもなかった。

ボビーの家のバスルームは広くて豪華である。黒い大理石と、それにマッチする流し台、チーク材のしゃれたキャビネット、縁どりのしてある壁いっぱいの鏡。広々としたシャワー室は四人でも入れそうで、犬の毛づくろいも楽にできる。

ボビーが生まれるずっと前にこの家を建てたコーキー・コリンズという男は万事に控えめだったが、生活の喜びには貪欲だった。たとえば、シャワー室から出て部屋を横切ったところにある大理石造りのどでかいジャグジーは、四人一緒でもゆったり入れそうだ。コーキー・コリンズとは、じつは日本人で、彼の本名はトシロー・タガワだった。こんなどでかいジャグジーを造らせた彼はビーチガールを三人まとめて楽しませる夢でも見ていたのか、それとも、自分の体を思う存分洗いたかったかだ。

神童のほまれ高く、トシロー青年は一九四一年に二十一歳の若さでロースクールを卒業した。しかし、法律家になる間もなく、マンザナールの強制収容所に入れられてしまった。日系アメリカ人たちが、米国に忠誠を誓ったにもかかわらず、大戦が終わるまで閉じこめられていた悪名高き収容所だ。戦後出所した彼は、屈辱感と憤りから、被抑圧者の救済運動に身を投じ、手ごわい活動家になった。しかし、五年間活動をつづけた結果、社会的公正や平等などは見果てぬ夢であり、被抑圧者たちも、立場が変われば簡単に抑圧者に変わることを知った彼は活動から手をひいた。

トシロー・タガワは頭を切りかえて、民事訴訟専門の弁護士稼業に精を出すことにした。南太平洋に渦巻く台風よろしく猛烈に勉強する彼だったから、その腕前がたちまち評判になり、サンフランシスコあたりで最も成功した民事訴訟専門の弁護士になった。

五年後、かなりの現金を銀行に貯めて、彼は突然、弁護士稼業から足を洗った。そして、一九五六年、三十六歳のときにムーンライト・ベイにやってきて、このコテージを建てたのである。電線の埋めこみ作業や、上下水道の配管、電話線の引きこみなどに相当の費用がかかったはずだ。ユーモアのセンスを持ち合わせていたおかげで、ひねくれ者にならずにすんだトシロー・タガワは、このコテージに越して来た日に、自分の名を正式にコーキー・コリンズにあらためた。そして以後、残りの人生を太平洋とその波にささげたのである。

彼はここでサーフィン狂に変身した。ボードの上に立って波に乗る彼の姿が毎日のように見られた。ひざをついて乗っているときもあれば、腹ばいのままのときもあった。波のたたきつける音をいつも聞いていたくて、コーキーはサーフィンをするときに耳栓を使わなかった。そのため内耳炎を起こしてしまい、完治しないうちにまた水に浸かるということを繰り返して、五十歳になるまでに左の耳が聞こえなくなってしまった。

鼻づまりならどんなサーファーでも経験する。大波にたたきつけられ、水底からようやく上がってくるときなど、どうしても鼻のなかに塩水を吸いこんでしまう。それを急に鼻の穴から噴きだしたりするときに、鼻孔の収縮が起きる。ハイレグのビキニを着たまぶしい美女に話しかけたりするときにこれがよく起きる。コーキーも例にもれず、鼻づまりに悩まされ、慢性的な頭痛までわずらうようになったので、鼻孔の開通手術を受けた。手術の記念日がくると、彼は毎年、サーファー仲間を集めてパーティーを催した。鼻だけでなく、彼は目も悪くした。強い太陽を浴びつづけるサーファー特有の眼病だった。はじめは白目のところに雲がかかり、それがやがて角膜にまで拡大して、視力はしだいに弱まっていった。

九年前、眼球手術の傷跡が完治する前に、彼は帰らぬ人となってしまった。悪性腫瘍だったわけでもなく、サメに襲われたわけでもなかった。彼の愛する母なる大洋に命を奪われたのだ。

当時六十九歳だったコーキーは、彼の身長の四倍ものマンモス波が押しよせる暴風の日に海に入ったのだという。彼の三分の一の年齢の若者たちでも敬遠する大荒れの日だった。目撃者の話によると、彼は単身で海に入り、大波のリップすべりをくり返し、チューブをくぐり抜けては「イエーイ！」とひとりで歓声をあげていたという。海の申し子のような老人だった。しかし、そんな彼でも、数千トンの水量をたたきつける巨大波の破裂にはかなわなかった。この手の波にのみ込まれたら、どんな水泳の達人でも、なかなか水面に上がってこれない。不運なことに、コーキーが水面に顔を出した瞬間が悪かった。次の大波が彼の頭上でくだけた。彼はついに水面で呼吸することなく海の底に引きこまれた。

南から北まで、カリフォルニアの海岸の全サーファーの一致した意見は〝コーキー・コリンズは完璧な人生を生き、完璧な死をとげた〟だった。鼻づまりも、内耳炎も、眼球病も、コーキーにとっては取るに足らないことだった。そんなことよりも彼が嫌悪したのは、退屈な毎日と、心臓病と、あくせく働いた末にもらうけっこう多額の年金だった。彼にとって人生はサーフィンであり、偉大な自然に抱かれることもサーフィンだった。大多数の人間にとって、やっかいこの上ない現世を彼は悠々楽々と生きた。

コテージを相続したのはボビーだった。

ボビーは寝耳に水だった。自転車にボードを乗せて、岬の突端へ冒険旅行を敢行した十一歳のとき以来おれたちはコーキー・コリンズと知り合いだった。コーキーは、サーフィン少年たちにとって常に良き師だった。ポイントブレイクの波の上手な乗り方を、訊けばいつも熱心に教えてくれた。だが、ポイントの主のような大きな面《つら》は決してしなかった。にもかかわらず、大勢のサーファーたちは彼をサンタバーバラからサンタクルーズまでのビーチの主として尊敬していた。わが物顔にいい波をひとり占めして得意がるサーファーたちを彼は軽蔑した。だが、海を愛し海とともに生きようとする者たちにとっては気が置けない仲間だった。彼には友達や賛美者が大勢いた。なかには三十年来のつき合いの者もいた。だから、おれたちは、コテージが遺言でボビーに残されたことを知って、当時はびっくり仰天したものである。おれたちは、八年間しかコーキーとつき合いがなかった。

説明のとき、遺言状の執行人がコーキーからの手紙をボビーに示した。簡潔文の傑作といえる文面だった。

ボビーへ

他人が重要だと思うことにきみは左右されない。いいことだ。自分が大切だと思うことに、きみは魂をささげられる男だ。美しい。

おれたちにあるのは、海と愛と時間だけだ。神はきみに海を与えた。愛は自分の行為で見つけたらいい。わたしはきみに時間をあげよう。

コーキーは三十七歳になってはじめて人生の何たるかに気づいた。それを、ボビー少年が生まれながらにして身につけていることに、コーキーはおそらく感じ入っていたのだろう。それで、その少年を応援してやろうと思ったにちがいない。憎いほど行動の冴えている老人だった。アシュドン大学に入学した次の夏、つまり、コテージと多少の現金をコーキーから相続した直後、ボビーは大学を辞めた。ボビーの両親は激怒した。だが彼自身は気にしなかった。ビーチと海と将来が自分のものになったのだから。

ボビーは人の怒りには慣れっこになっていた。どんなに恵まれていても何かに腹を立てているのが人間なのだ。彼の両親は、地元新聞の編集発行人だった。新聞編集者たちの共通のあやまちは、自分たちが公正な社会実現のための改革者だと思いこんでいることである。ということは、おおかたの市民は利己的すぎて正しいことをしていないか、自分たちにとって何が大切なのか分からないほど愚かだと断じているようなものである。ボビーの両親は、みずから〝偉大な新聞への情熱〟と呼ぶ事業に息子が喜んで参加するものと信じきっていた。しかし、ボビー自身は、家族が声高に言う〝理想主義〟――そこに隠された憎しみや、恨みや、エゴイズム――から一日も早くのがれたいと思っていた。ボビーが欲したのは心の平和だった。平和はもちろん誰もが望むところである。町の平和、国の平和、世界の平和。ところが、自分の家の壁の内側にも平和を作れないのが一般大衆なのである。

コテージとそれを維持していく多少の資金を得て、ボビーは平和を見つけることができた。時計の針は、ひと刻みごとにわれわれの人生を削りとっていく。デジタル表示の時計は、数字を変えるごとにわれわれを崩壊に近づけている。時間は金で売り買いできない。コーキーがボビーに与えたのは、決して時間ではなかった。むしろその反対だった。時間を無視して生きるチャンス、時計を忘れてすごす人生にほかならなかった。

おやじと母さんがおれにくれようとしたのも同じ考えだった。でも、おれの場合はXPのため、時計の刻む音にはいつも注意してなければいけなかった。それで、たぶんボビーも時計を気にせざるをえなかったのではないだろうか。

いずれにしても、時計から完全にのがれるなんておれたち二人にはやはり不可能なようだ。おれがこんなになだめているのに、オーソンがあれほど落ちつかないのも、自分の一日が削りとられていくのを知ってのことなのかもしれない。動物は知恵がないから自分たちの寿命について知ることはないのだとわれわれは教えられている。だが、すべての動物は危険を察知する能力と生存本能を持っている。科学者や哲学者がなんと言おうと、動物が生き残ろうともがくかぎり、動物にも死の理解があると考えられないだろうか。

これは決してニューエイジ世代に迎合したセンチメンタリズムではない。単純な常識である。おれはボビーのシャワー室を借りて、ススだらけのオーソンの体を洗ってやった。オーソンはさっきからずっと震えっぱなしだ。湯は充分に温かいのだから、彼の震えはシャワーのせいではない。

タオルでふいてやり、ピア・クリックが置いていったドライヤーで毛を乾かしてやっているうちに、オーソンの震えはおさまった。おれがボビーのジーンズを借りてはき、長そでのシャツに手を通し、青いコットンセーターに首を突っこんでいるあいだ、オーソンは窓の曇りガラスの方をちらりちらりと見ていた。外に怪しい者がいるとの彼の疑いは、いぜんとして消えていないようだった。

おれはペーパータオルでジャケットと帽子の汚れをふいた。まだ煙くさかった。とくに帽子のほうがそうだった。

わずかな明かりのなかで、つばの上の〝ミステリー・トレイン〟の文字はほとんど読めなかった。廃墟となったワイバーン基地の窓のないコンクリートの部屋のなかで、帽子をひろったときのことを思いだしながら、おれは親指の先で刺しゅうされた文字の部分をなぞった。

ワイバーン基地が閉鎖されてから、一年半も経つじゃないかとおれが言ったときのアンジェラ・フェリーマンの答えが思いだされる。

〈〃……殺そうと思っても、殺せなかった部分があるのよ……〃〉

同時に、別のことがおれの頭にフラッシュバックする。バスルームで死んでいたアンジェラの驚いたような目と、〃オー〃と叫んでいるような口の開きだ。この無残な姿のどこかに重要なカギが隠されている。そこまでは分かるのだが、その先がはっきりしない。彼女の血の気のなくなった顔を思いだそうとすればするほど、それが何だったのか頭にはっきり浮かんでこないのだ。

〈〃大変なことが起きているのよ、クリス……いままでになかったようなとんでもないことが……もう遅いわ……取り返しがつかないのよ〃〉

チキンの細切れと、レタスと、チーズと、サルサを包みこんだタコスはとてもおいしかった。おれたちは流しに寄りかかったりせず、ちゃんとテーブルに着いて食べた。それをときどきビールでのどの奥に流しこんだ。

サーシャからたっぷり食べさせてもらったはずなのに、オーソンは食べ物をねだって、数切れのチキンにありついた。だが、おれからハイネケンをもう一杯もらうほどの媚《こび》は売れなかった。

ボビーがラジオをつけた。周波数はサーシャの番組に合わされていた。ショーはちょうどはじまったところだった。いつのまにか、深夜になっていたわけである。彼女はおれの名前も言わなかったし、リクエストの主を紹介することもしなかった。ただ、いきなりクリス・アイザックの『ハート型の世界』をかけはじめた。おれの好きな曲だからだ。

夕方から起きた一連の出来事をおれは超単純にまとめてボビーに話した。病院のガレージでのこと、カークの火葬場で見たこと、おれを追いかけてきた正体不明の男たちのこと、などなどを。

話を全部聞いたあと、ボビーはこう言っただけだった。

「タバスコは?」

「えっ?」

「サルサをもっとからくするのに」

「そうじゃないんだ」

おれは声を強めて言った。

「これはどう見ても、プロの殺し屋による奥の深い事件なんだ」

ボビーは冷蔵庫からタバスコソースのビンをとりだし、それを振ってから食べかけのタコスにかけた。

サーシャのかける二曲めが聞こえてきた。クリス・アイザックの『二つの心』だった。

しばらくのあいだ、おれは外から誰かに見張られているような気がして、窓のほうにどうしても目が行ってしまっていた。はじめは、おれの心配などボビーの関心ごとではないと思っていたが、彼も外のことが気になるらしく窓のほうをちらちらと見はじめた。

「ブラインドを上げようか？」

おれは言ってみた。

「やめたほうがいい。おれが気にしていると連中に思われるから」

おれたちは素知らぬふりをしつづけることにした。

「連中は何者なんだ？」

ボビーは黙っていたが、彼の答えを待つおれの沈黙に負けて、ついにこう言った。

「はっきりとは分からない」

正直に話していないな、とおれは思ったが、その答えで満足することにした。

おれはボビーにあざけられないよう、よけいなことを言わずに出来事のつづきを話した。したがって、地下の下水道におれを導いてくれたネコの話はせず、水たまりに浮いていた頭蓋骨のコレクションの様子をくわしく話した。それから、スティーブンスン署長がつんつるてん頭の悪党と話しこんでいた件と、おれのベッドの上にピストルが置いてあった件を話した。

「あれはすごいやつだ」

ボビーは、グロック17の性能を称賛してそう言った。

「おやじはそれにレーザー照準をつけていたんだ」

「それはすげえ」

ボビーはときどき、こっちの話を聞いているのかと疑いたくなるほどボーッとして岩のように無表情になることがある。子供のときもよくそういうことがあったが、大人になってから、その傾向がよけい強くなっていた。おれが、仰天するような殺人事件のニュースを聞かせても、彼はバスケットの試合の得点結果でも聞くような反応しか示さなかった。

窓にちらちらと目をやりながら、おれは、外から銃の暗視スコープでとらえられ、いまにも引き金をひかれそうな気がしていた。それからすぐに、もし連中がおれたちを射殺するつもりなら、さっき外に出たときに簡単にできたはずだと考えなおした。

おれはアンジェラ・フェリーマンの家で起きたことのすべてをボビーに話した。

ボビーは顔をしかめて言った。

「アプリコットのブランデー」

「おれはあまり飲まなかったけど」

「あんなやつを二杯も飲んだら、たちまちアシカと話すことになるぞ」

〝アシカと話す〟とは、サーファー用語で〝食べたものを吐く〟ということである。

葬儀屋手伝いのジェシー・ピンが教会の地下でトム神父を痛めつけた話をするころまでに、

おれたちはタコスを三個ずつたいらげていた。ボビーはもうひと組作ってきて、それをテーブルの上に置いた。

サーシャのかける『卒業の日』が聞こえていた。ボビーが言った。

「クリス・アイザック特集か」

「サーシャがおれのためにかけているんだ」

「だろうな。クリス・アイザックが放送局に乱入して銃で脅して自分の特集をやらせるなんて、おれは思っちゃいないよ」

タコスをもうひとつずつ食べおえるまで、おれたちはそれ以上何も言わなかった。

ボビーがついに質問を発した。彼が知りたがったのは、アンジェラが言ったことの一つについてだった。

「すると彼女は、サルに見えるけどサルじゃないと言ったんだな？」

「アンジェラの言葉どおりに言うぞ。彼女はこう言ったんだ〝サルだけど、サルじゃないの……問題なのはそこよ〟って」

「彼女は正気だったんだな？」

「落ちこんで、極端におびえていたけど、おかしくはなっていなかった。彼女は口封じに殺されたんだから、その言ったことに何か深い意味があるはずなんだ」

ボビーはうなずいて、ビールをゴクリと飲んだ。それからしばらく黙りこくっていたので、おれは彼の反応を催促した。

「それが何か？」

「おれに訊いてどうする？」

「おれは犬と会話しているわけじゃないんだぞ」

おれが言うと、彼が答えた。

「やめとけよ」

「なんだって？」

「そんなことは忘れて、自分の生活に戻れ」

「おまえがそう言うと思ってたよ」

「だったら、なんでおれに訊くんだ？」

「あのな、ボビー。おれの母さんは事故で死んだんじゃないかもしれないんだ」

「そんなこと言っていいのか？」

「おやじのガンだって、本当はガンじゃなかったのかもしれない」

「すると、おまえはあだ討ちの旅にでも出るのか？」

「人殺しを放っておくわけにはいかないさ」

「そうともかぎらない。人を殺しておきながら知らん顔して生きてる人間は大勢いるんだ」

「あってはいけないことだ」

「おれは、いいか悪いかなんて言っていない。そういう連中がいると言っただけだ」

おれは窓の外の暗闇をにらみながら言った。

「こんなことにおれはびくつかないぞ」

ボビーはため息をついてから、椅子にそりかえった。

「びくつかないわけにいかないぞ。身長の三倍もの波がやって来るんだ。乗れるか乗れないかギリギリの波だ。沖でブイみたいに浮いていると、たちまち底にたたきつけられる。なかには十メートルくらいに盛りあがる波もあるはずだ。相当キツイぞ。洗われるか、やり過ごせるかの判断は、きびきびやらないとな。こういうときは、乗り遅れてたたきつけられるとわかっていながら乗ろうとするバカが大勢いるんだ」

ボビーの説明が長いことにおれは胸を打たれた。これは、彼がそれだけおれのことを心配しているということだ。

「バカとはおれのことを言っているのか?」

「いや、まだそこまでは言っていない。おまえが今度の波をどう扱うかによって違ってくる」

おれは首を横に振った。

「ここから見るかぎり、十メートルの波なんて来そうにないな」

「いや、十メートル以上かもしれない」

「せいぜい五メートルくらいじゃないのか？」

ボビーは目をクリクリさせて言った。

「するとアンジェラの言葉にしたがえば、すべてはワイバーン基地で行なわれている何かの研究にたどり着くんだな？」

「アンジェラは何か証拠のようなものを取りに二階へ上がっていったんだ。きっと、旦那が研究所から持ちだしてきたものだろう。それが何だったにしろ、すべては燃えて灰になってしまった」

「基地。部隊。軍隊」

「何が言いたいんだ？」

「政府のことさ」

ボビーが言った。

「相手が政府となると、十メートルの波どころではないぞ。三十メートルの津波ということもありうる」

「ここは民主主義のアメリカだぞ」

「昔はな」

「おれにはこの国に対する義務がある」

「何だい、その義務というのは？」

「道徳上の義務さ」

おれの話を聞いているると頭が痛くなると言わんばかりに、ボビーはひたいにシワを寄せ、自分の鼻をつまんだ。そして言った。

「よう、スーパーマン！　彗星が地球に衝突するときは頼むぞ。マント羽織って飛んでいくんだろ？　彗星を銀河系のかなたに押しやるためにな」

「マントがクリーニングに出されていなければな」

「バカヤロー」

「バカヤロー」

〔下巻につづく〕

新書判
何ものも恐れるな (上)

二〇〇一年四月十日 第一刷発行

著者 ディーン・クーンツ
訳者 天馬龍行

発行者 益子邦夫
発行所 ㈱アカデミー出版
東京都渋谷区鉢山町15—5
郵便番号 一五〇—〇〇三五
電話 〇三(三四六四)一〇一〇
FAX 〇三(三四七六)一〇四四
〇三(三七八〇)六三八五

印刷所 大日本印刷株式会社

ISBN4-900430-93-5